イヴァンは舞台から視線を逸らせずにいた。
か弱い人間であるはずのエルメンガルトが剣を払う度、
宴席の淀んだ空気が割かれていくのがわかる。
諸侯たちはすっかり静まり返っていて、
新たな王妃の舞を吸い寄せられる様に見つめていた。

エルネスタ・ゲントナー
ブラル帝国皇帝の実の娘だが、
双子の妹だったため、
産まれた時から平民として暮らしていた。
姉である第一皇女エルメンガルトの
身代わりとして、隣国シェンカの
イヴァン王に嫁ぐことになる。
「素敵。人狼族はきっと、月に愛されているのね」
「王妃殿。そんなに怖がらなくても、無理に取って食ったりはしない」
ヨハン・オルジフ・スレザーク
国王の右腕として
辣腕を振るうシェンカ宰相。
イヴァンと同じ歳で、幼少の頃から
彼を支えてきた。
「王妃殿下の無知を放っておく方が宰相としては怠慢です。いいですか、よくお聞き下さい」
イヴァン・レオポルト・ウルバーシェク
「冷酷な人狼王」という評判をもつ、
人狼族の国であるシェンカの国王。
ブラル帝国との政略結婚として
妻を迎える。
ミコラーシュ
イヴァンの相棒。
人狼族ではない
本物の雄狼。

ベンヤミン・フォン・エンゲバーグ
ブラル帝国シェンカ大使。エルネスタのお目付役。
ダシャ・レンカ・ザヴェスキー
シェンカの名門貴族の息女で、エルネスタの専属侍女となる。
ルージェナ・クデラ
シェンカの侍女長。エルネスタに王妃教育を行う。
「お笑い下さいませ。これはこの国の王妃となった、貴女様の務めです」
「ふむ、エルネスタ様は勤勉ですな。感心です」
「王妃様は、私達のことが恐ろしくはないのですか？」

Contents

［イラスト］とき間
［デザイン］百足屋ユウコ＋フクシマナオ（ムシカゴグラフィクス）
［編集］庄司智

序　星の降る夜

それは星が降り注ぐような夏の夜のことだった。暗闇から荒い息遣いを聞いて、エルネスタ・ゲントナーは家路を急ぐ足を止めた。

エルネスタはまだ十歳の少女だ。危ないことに首を突っ込むものではないと養父母からきつく言われていたが、それを上回る好奇心を持つのも幼さゆえ。

道沿いにある空き地に視線を注ぐ。森に面したそこは木箱などが散乱しており、よくかくれんぼをして遊ぶ見知った場所だ。しかし今夜に限っては大木の下に横たわる大きな影がある。

誰かが倒れてる。助けなきゃ。

強い意志が湧き上がってきて、お下げにしたブルネットを跳ねさせながらまっすぐに駆けていく。そして影の正体を知ったエルネスタは、大きな深緑の瞳を更に見開いた。

満月に照らされて姿を現したのは、例えようもなく美しい狼《おおかみ》だったのだ。

金の毛並みが月光に反射して繊細な輝きを放ち、藍色の瞳がまっすぐにこちらを見つめている。その体はエルネスタよりも遥《はる》かに大きく、精悍《せいかん》な顔立ちから雄《おす》であることが見て取れた。

森には獣が潜み、それらに近付いてはいけないということは理解している。しかし何故《なぜ》だかこの時、エルネスタは少しの恐怖心も抱かなかった。それはこの狼の美しさも理由の一つだが、それ以上に絶対に大丈夫という不思議な確信があった。

エルネスタはしばらくその狼に見とれてしまったのだが、右胸から右前足にかけてべったりと付着した黒いものに気付いて眉を下げた。

「狼さん。あなた、怪我《けが》をしてるの……?」

よく見ると狼は何かに切りつけられたような深い裂傷を負っていた。心配になって無遠慮な一歩を踏み出すと、狼の唸《うな》り声が少女の柔らかい肌を打つ。

「怖がらないで。私はあなたの手当てをしたいだけよ」

狼はなおも唸っている。警戒心に濁った瞳を見つめて、エルネスタは笑顔で辛抱強く語りかけた。

「お願い、絶対に酷《ひど》いことはしないから。ほら、お水と薬草よ。ちょうど持っていて良かったわ」

何とか安心してもらえないかと、背中の籠から薬草を取り出して狼に見せる。こんな事をしても伝わらないだろうと思っていたのだが、なんと彼は徐々に唸り声を収めていくではないか。

「これが何なのかわかるの? あなた、賢いのね。偉いわ」

エルネスタはそっと手を伸ばしてみたが嫌がるそぶりはない。頭を撫《な》でてやると、彼は不満そうに鼻を鳴らした。

「あら、偉いなんて失礼な言い方だったわね。狼さんは、とっても勇敢で賢い生き物だもの」

よしよし、と今度は首のあたりを撫でてみる。金の毛並みは極上の滑らかさで、すぐにエルネスタの心を摑《つか》んでしまった。

「何てふわふわなのかしら。狼さん、あなたはきっと群れの王様なのね」

ずっと撫でていたいような気がしたが、まずは狼の手当てをするのが先だ。

「まずは洗うわ。痛いと思うけど……」

エルネスタは水筒の蓋をとって、水を傷口にかけてやった。沁《し》みるだろうに、狼はピクリとも動かない。

「あなたは強いのね。もう少しだけ我慢してね」

赤色がなくなると、次に消毒と炎症止めの効果がある薬草を、ある分だけ貼りつけていく。養母から採ってくるように頼まれたものだが、見つからなかったと言えばいいだろう。

最後に取り出したのは大判のハンカチだった。これはエルネスタが養母と一緒に染め上げたもので、藍色の地に星の刺繡《ししゅう》を施したお気に入りの品だ。

いくら出来の良《い》いハンカチでも、誰かを助けるために必要なら惜しむことはない。薬草を押し付けるように固く巻いて、ようやく手当ては終了した。

「はい、終わり。頑張ったわね」

また頭を撫でてやる。エルネスタの知る犬という生き物は、こうしてやると気持ち良さそうに目を閉じるものだが、この狼は目を見開いたままこちらをじっと見据えていた。しかしその瞳には先程のような警戒心は無く、ただ純粋にエルネスタを見定めているように思えた。

「わあ……あなたの目、星空みたい。とっても綺麗《きれい》ね」

狼の藍色の瞳は無数の瞬きを映し取り、複雑な輝きを纏《まと》っている。エルネスタは不躾《ぶしつけ》にもその小さな夜空に見とれていたのだが、狼に立ち去る気配がないことに気付いて首を傾《かし》げた。

「もしかして、痛くて動けないの？」

狼は野生に生きている。人間と必要以上に関わることは望んでいないはずで、つまり動く気が起きないほどに傷が痛むのだろう。

「だったら、一緒にいてあげる！」

エルネスタはこの狼をひとりきりにしたくないと思った。痛みを和らげてあげたかった。だから狼の隣に腰掛けて、彼の背をゆっくりと撫でてやる。

金の毛並みは柔らかく、滑らかだった。ずっと触っていたいなと思いつつ、エルネスタはふと夜空を見上げた。

「見て。今日は星がとっても綺麗だから、きっと痛いのも忘れられるわ」

驚くべきことに、狼は言われるままに顔を上げた。エルネスタの視線の先を辿《たど》っただけなのだろうが、まるで言葉がわかっているような動きについ嬉《うれ》しくなってしまう。

「知ってる？　あの一番光ってる星が、ベガっていうの。夏の夜空で一番明るい星で、全部の星の中でも三番目に明るいのよ」

もちろん狼からは反応がない。けれど何故だか聞いてくれているという確信があって、エルネスタは言葉を続けた。

「ベガはこと座の一部。こと座っていうのはオルフェウスの琴なんだって。そのすぐ隣の天の川の中にデネブ、その向こうにアルタイル。三つ繋《つな》いで、夏の大三角形っていうの」

エルネスタはわざと明るく話をした。星の話なんて狼に通じるものではないと解《わか》っていたけれど、それでも静かすぎるよりは気が紛れるだろうと思ったのだ。

「ふふっ！　私、詳しいでしょ？　私のお母さんね、昔は宮殿で天文学の先生をしていたんだって。だから私にも教えてくれるの」

高名な学者だった養母が宮殿を辞したのは、エルネスタの出生の秘密によるものだ。狼に聞かせることでもないだろうから、自分の話はこのくらいにして星の話を続けていく。

「私、星って大好き。きらきらして綺麗で、不思議で、いくらだって眺めていられるわ。あなたもそう思わない？」

問いかけても相変わらず返事はない。その横顔がじっと夜空を眺めているように見えたのが、エルネスタには何よりも嬉しかった。

「苦しい時は、星を数えるの。数え切れないほどの星に比べたら、自分の悩みなんてちっぽけなものに思えるもの」

この雄大な景色に比べれば、どんな苦しみも大したことではない。

そう教えてくれたのは他ならぬ養母だった。死ぬ寸前の自分を拾い上げてくれた人。その彼女が本当の親ではないと知った日も、エルネスタは星を数えた。

一人と一匹はしばしの時間を星を数えて過ごした。ふと視線を感じて隣を見ると、狼が星空の瞳でエルネスタを見つめていた。その輝きの奥に今までとは違う強い意志を宿しているのがわかる。

もしかしてと思っている間に、彼はゆっくりと立ち上がった。

「……もう行くの？」

狼は返事をしない。エルネスタもまた、彼に向き合うようにして立ち上がる。すると手のひらに頭を擦《こす》り付《つ》けてきたので、そのまま頭を撫でることになった。まるでお礼を言っているようだ。

それが最後の触れ合いになった。狼はしなやかな軀《からだ》を翻し、暗い森へと歩き始める。

「さようなら、狼さん！　無茶をしちゃだめよ！」

揺れる尻尾に声をかけると、彼は一度だけこちらを振り向いてくれた。そうして目を合わせたのもつかの間、金の体軀《たいく》が暗闇へと溶け込んでいく。

しんと静まり返った空き地は先程より随分と寒々しく見える。冴《さ》えた月と夜空を覆うような星々が照らすその空間は、今はただ寂しく、名残惜しさばかりが胸に残るのだった。

第一章　人狼王《じんろうおう》との出会い

「まだ見つからんのか！　この無能どもめ！」

皇帝カールハインツからの一喝を受けて、跪《ひざまず》く臣下たちは一様に拳を強く握りしめた。

その中の一人、ベンヤミン・フォン・エンゲバーグ伯爵は胸の内ではこう思っていた。「この愚帝め、そろそろ限界だ」と。

「出発予定日は今日だったのだぞ！　これでは間に合わんではないか！」

第一皇女であるエルメンガルトが輿入《こしい》れを前に出奔したのは、一週間ほど前のことである。

姫君の嫁ぎ先は隣国、人狼族の国シェンカ。かの国との同盟をより強固にするための、いわゆる政略結婚というやつだ。

このブラル帝国において人狼族への偏見はまだまだ根強い。花嫁の失踪という一大事を知らされた数少ない臣下たちの間では、どうしてもこの結婚が嫌だったのだろうともっぱらの噂《うわさ》だ。

しかし古くから帝室の皇子や皇女の教育係を務め、同時にシェンカ大使の役目を拝するエンゲバーグは、エルメンガルトの人柄をよく知っていた。

あの姫君は蛮族との結婚に恐れをなして逃げるような臆病者ではない。理由は推し量ることしかできないが、おそらくは強い意志を持ち、信じられないほど身勝手な理由を掲げてのことだろう。

「騎士団長！　貴様は世間知らずの姫一人、満足に探し出せんのか！」

「申し訳ございません、陛下。箝口令《かんこうれい》を敷いたままでは、あまり人数を割くこともできず」

気の毒な騎士団長は、頭を下げつつも嫌味を言うことを忘れなかった。しかし頭に血が上った皇帝は、臣下達《たち》の苛立《いらだ》ちにも気付いていない。

エンゲバーグは大理石の床を見つめたまま溜息《ためいき》をついた。

そもそも娘と信頼関係を築いていないからこうなるのだ。誰に対しても物事を押し付けることしかできないのなら、その地位に見合った能力がないということだ。

隣に座る皇后コンスタンツェは、皇帝の怒りようにも娘が行方不明という現状にも黙したまま。一歩下がって夫を立てるその姿は妻としては正しくあったが、同じ親としては理解できない。

「こうなったら仕方があるまい。エンゲバーグ伯！」

「は」

「今こそあの切り札を使う時だ。あれにエルメンガルトの身代わりを務めさせよ」

その言葉には血の気を失わざるを得なかった。

エンゲバーグは許しを得た上で顔を上げる。カールハインツの尊顔には醜悪な笑みが浮かんでいて、人道に反する行いに及ぶ我が身を省みる様子もない。

「そ、それは……陛下、そのような無茶がまかり通るはずがございません！　必ずやどこかで露見する事となりましょう」

「貴様は余の言うことに否を唱えると？」

「そうではございません。露見した際の危険が大きすぎると申しているのです」

人狼族とはその名の通り人の姿と狼《おおかみ》の姿を併せ持つ屈強な種族だ。少しでも蔑《ないがし》ろにすれば、どんな報復が与えられるのか考えるだに恐ろしい。

「だからこその身代わりではないか。今更結婚を無しにしてくれと言えば、それこそどんな反応が返ってくると思う」

「しかし……！」

「これは勅命ぞ、伯爵。これ以上の押し問答など必要ない」

エンゲバーグは続く言葉を喉の奥へと呑《の》み込《こ》んだ。隠居を考える歳《とし》になったとはいえ、反逆罪での処刑は流石《さすが》に御免蒙《こうむ》る。

この皇帝にとって一番大事なのは見栄《みえ》なのだ。口では平和を重んずるようなことを言って、頭の中では蛮族などに頭は下げたくないと考えている。力を増すシェンカに圧《お》されるようにして同盟を組んだのは、他ならぬ自分だというのに。

「……は。ご勅命承ります」

こうして、エンゲバーグは計略の全ての責を負う形となった。

＊

街外れの空き地に差し掛かると、いつも大木の下に視線を向けてしまう。そんな癖がエルネスタにはあった。

八年前の夏、一匹の狼とここで出会って傷の手当てをした。

まるでお伽話《とぎばなし》のような思い出は家族に話すと卒倒されそうだったので、未《いま》だ自分の胸の内だけに留《とど》めてある。

金色に輝く狼だった。ただし十歳の頃の記憶なので、月明かりに照らされただけの土色の毛並みだった可能性の方が高い。

今はもう朧《おぼろ》げになった精悍《せいかん》な姿。もう一度会えたならどんなに嬉《うれ》しいだろうとは思うが、便りが無いのは元気な証拠だ。どこかで無事に生きていてくれるならそれだけでいい。

エルネスタは微《かす》かに笑って前を向いた。

蟬《せみ》の鳴き声が背後から追い立ててくる。薬草摘みに精を出した体が盛大な疲労を訴えていたが、そろそろ日が落ちる時間なので家路を急がなければならない。

エルネスタは薬草の入った籠を背負い直すと、お下げにしたブルネットを揺らして歩き始めた。

街の中心部に近付くにつれ人通りも多くなり、並び立つ店が活気を帯びてくる。深緑色の瞳が軒先に吊《つ》るされたランプの光を受けて輝き、様々な国の者が行き交う賑《にぎ》やかな町並みを映し出した。

このヴァイスベルクはブラル帝国の東端に位置し、人狼族の国シェンカと国境を接している。同盟を結ぶ前からかの国とを行き来する者は少なからずいて、昔から交通の要衝として名高い街だ。

そして一本路地を入った所に、北極星という鍛冶屋がある。ここはエルネスタが住む家であり、養父母の営む大事な店でもあった。

しかし数時間ぶりに帰ってきた我が家は、出る前とは少し様子が違っていた。

まず店の前に見覚えのない馬車が止まっている。華美な造りではないが堅牢《けんろう》な佇《たたず》まいの馬車だ。そして何よりも店の中から騒がしい声が聞こえてくる。言い争うようなその声音に、エルネスタはやれやれと溜息をついた。

きっと変な客が来て難癖をつけているのだろう。有象無象が訪れるこの街ではそう珍しい事ではないため、特に何の感慨もなく扉を押し開く。しかしそこには予想したのとは少々違う光景が広がっていた。

「帰ってくれ！　そんな頼み、聞けるわけがない！」

「お願いします！　これはこのブラル帝国の危機なのでございます……！」

悲痛な叫びとともに床に額を擦《こす》り付《つ》けているのは、まったく見覚えのない男だった。貴族らしく整った身なりをしているものの、ひれ伏す姿勢を取っているので威厳は皆無である。

男に相対するのはエルネスタの養父ブルーノ。筋骨隆々でいかにも鍛冶屋といった風貌の大男は、実のところ温厚で家族思いなのだが、今はその顔を憤怒《ふんぬ》に歪《ゆが》めていた。

ブルーノはエルネスタを見るなり眉を上げた。組んだ腕を解き、この場を去るように身振り手振りで伝えてくる。

かなりの異常事態が起きていることは明白で、父に力を貸さなくてはという思いが足をその場に縫い付ける。その僅かな躊躇《ちゅうちょ》の間に、土下座男はエルネスタの気配に気付いてこちらを振り返った。

年齢はおそらく五十程だろう。男は皺《しわ》の刻まれた顔を切羽詰まったように歪めていたのだが、エルネスタを視界に収めると、溢《こぼ》れ落《お》ちんばかりに目を見開いた。

「エルメンガルト様……！」

複雑な出自を持つエルネスタにとって、その名は特別なものだった。

未だ見《まみ》えたことのない姉。そしてこれからも会うことのないであろう、我が国の第一皇女の名前だ。

エルネスタはこのブラル帝国の現皇帝夫妻の子として生まれ落ちた。ただ一つ普通と違っていたのは、双子の妹であったこと。

ブラルの帝室において双子は不吉とされている。万が一双子が生まれた場合は下の子をその場で亡き者にし、今後一切公表されることはない。

エルネスタが生まれた際も、そのしきたりは例外なく適用されることになった。しかしまさに処分が為《な》されようとした時、宮殿のお抱え天文学者だったイゾルテが、育ての親になることを申し出てくれたのだ。

そのような場合は決して外部に秘密を漏らさないという条件付きで許可が下りる。こうしてエルネスタは今日まで一般市民として育ってきた。

「まさか、本当に瓜二《うりふた》つとは……！　なんということだ！」

男は感嘆の溜息を漏らして絶句してしまった。その反応を見ただけで、エルネスタは自身の出自について知られていることを悟る。

「エルネスタ様！　私はベンヤミン・フォン・エンゲバーグと申す者でございます！」

男——エンゲバーグは、今度はエルネスタに向かってひれ伏して見せた。

「な、何ですか？　顔を上げて下さい……！」

「皇帝陛下より、あなた様に命を仰せつかって参りました」

エンゲバーグは一応顔を上げてはくれたが、床に座り込んだまま動こうとしなかった。

エルネスタは困惑しきった視線をブルーノへと向ける。彼は激した表情を崩さないまま腕を組み直し、恐れ多くも皇帝陛下の使者を一喝した。

「帰れと言ったはずだ！　この子に助けて欲しいなどと今更よく言えたな。恥を知れ！」

この口ぶりからして、どうやらブルーノは既に話を聞かされているらしい。すっかり激昂《げきこう》してしまって取り付く島もないが、理由も解《わか》らないまま追い返す訳にもいかない。

「落ち着いて、父さん。こんなに頼んでいるのに、話も聞かずに無下にするわけにいかないわ」

「連中がしたことを忘れたのか、エリー。お前には頼みを聞いてやる義理などない！」

この国の権力者たちによって、エルネスタは生まれた瞬間に殺されかけた上、捨てられたのだ。確かに今更どういう事かと思わないではない。

「この方は貴族なのよ。私達なんてどうとでも脅して従わせることができるのに、誠意を尽くして話し合おうとなさってる。それなのに問答無用で追い返したりしたら、この北極星の名折れよ」

正面から見つめて言い切れば、父は嘆息して首を横に振った。

「……仕方がない。お前ならそう言うと思ったから、会わせたくなかったんだがな」

ブルーノは娘の言い出したら聞かない性格をよく理解してくれている。エルネスタは父の思《おも》い遣《や》りに申し訳ない気持ちを抱きつつ、改めてエンゲバーグに向き直った。

「確かに、私がエルネスタ・ゲントナーです。お話を伺います」

「エルネスタ様！　ありがとうございます！」

エンゲバーグは感極まったように声を震わせて頭を下げた。そうして語られた彼の話は、とんでもなく突拍子のないものだった。

「謹んでお願い申し上げます。どうか、エルメンガルト様に代わって、シェンカに嫁いで頂きたいのです！」

「……はい？」

あまりの内容に失礼にも程がある返しをしてしまったのだが、エンゲバーグは全く気にしていないらしく、淀《よど》みなく語り続けている。

「近々、エルメンガルト様が隣国シェンカのイヴァン王にお輿入れになる事はご存知ですね」

「え、ええ。それは知っています。国を挙げての慶事ですし」

隣国シェンカは人狼族が住まう国。主に山間部に狭い領土を持つ小国ながら、個々の傑出した武によって大国並みの軍事力を誇る特異な国だ。

彼らは総じて身体能力が高く、この店に来た者は揃《そろ》って大きめの武器を買っていくところが面白い。狼の姿と人の姿を持つそうで、大体は豪快かつ真面目な気質の持ち主という印象だ。

「実のところ、エルメンガルト様はこの婚姻をお厭《いと》いになっておられました。そしてついにたったお一人で出奔してしまわれたのです」

俄《にわか》には信じ難い話だった。

第一皇女が伴《とも》も付けずに出奔。それが本当だとすれば、国家を揺るがす一大事である事は間違いない。

「エルメンガルト様は絵を描く事のみに徹してこられた芸術家。置き手紙には世界を描いてくる、とだけ記されていました。そこでエルネスタ様、エルメンガルト様を探し出す間、あなた様にシェンカへと嫁いでいただきたいというわけです」

「ちょ、ちょっと待ってください！　色々と話が飛躍しすぎです！」

ブルーノが奥で憮然《ぶぜん》と頷《うなず》いている。きっと彼も同じ事を思い、同じ事を述べたのだろう。

「普通に考えて、婚姻を白紙に戻すべきでしょう⁉　国家ぐるみで詐欺を働くなんて、そんな事、許されません！」

「シェンカとは一年前にようやく同盟を結んだ間柄です。婚姻によって関係を更に盤石なものとしなければならず、土壇場で白紙に戻しては大きな軋轢《あつれき》が残るのは間違いないでしょう。皇帝陛下のご勅命によって、此度《こたび》の計画は実行に移されたのです」

エルネスタは目眩《めまい》がした。自身の産みの親の人柄についてはあまり考えないようにしてきたが、これではあまり期待はできないようだ。

「けど、身代わりだなんて、絶対に気付かれるに決まっています。私は姫としての教養など持ち合わせてはいませんし」

「それについては問題ありません。エルネスタ様とエルメンガルト様は、驚くほど瓜二つでいらっしゃいますから、まず間違いなく誰も気がつかないでしょう」

「それでも……！　エルメンガルト様を見つけてくるだなんて、本当に可能なんですか？」

「今現在、できうる限りの力で以《もっ》てお探ししております。所在が判《わか》るのも時間の問題かと」

反論材料が無くなってしまい、エルネスタは口を閉ざした。とんでもない計画だというのにエンゲバーグの瞳に嘘《うそ》はなく、ただ切実さだけがその奥底で光っている。

「そんな大役、私には無理です。どんなに顔がそっくりでも、やっぱり私はお姫様なんかじゃないもの」

エルネスタはきちんと話を聞いた上で、そう結論付けた。

そう、自分にそんな大層な役目は似つかわしくない。この店を手伝いながら日々を暮らし、いつかは誰かの元に嫁いで平凡な家庭を築く。そんなありふれた人生を送るのだと何の疑いもなく信じてきた。生まれがどうであっても関係なく、エルネスタは家族が一番大事で、彼等《かれら》を心配させるような事はしたくないのだ。

しかしエンゲバーグもただでは引き下がらなかった。

「もちろん、お役目を引き受けていただけるのでしたら、相応の謝礼をご用意致します。もしかしてイゾルテ殿は、病を患っておられるのでは？」

その指摘への反応は、エルネスタよりブルーノの方が早かった。どうやらここからは彼も聞いていない話のようで、鋭い眼光を使者へと向ける。

「そんなことを言った覚えは無いが」

「少し考えればわかる事です。まず、私が到着した時、この店から薬師《くすし》が出てきました。中に入ると御子息らしき人物と貴方《あなた》が居ましたが、お二人とも元気なご様子。そしてこの一大事に、エルネスタ様を引き取られた本人であるイゾルテ殿は顔を見せていません。となると、病気なのはイゾルテ殿と考えるべきでしょう」

的を射た洞察に、エルネスタとブルーノは同時に息を呑んだ。その間にもエンゲバーグは冷静に考えを連ねていく。

「エルネスタ様がお持ちの籠には大量の薬草が積まれていますね。つまりはイゾルテ殿の病状は、この先もそれが続くと思われる……と見るのが自然です」

それは凄《すさ》まじいまでの観察眼によって導き出された、まごう事なき事実だった。

エルネスタは舌を巻くばかりで何も言えなくなってしまったのだが、父はそうではなかったようだ。

「何が言いたい」

ブルーノは地鳴りのような低音で使者を威圧した。結果的に肯定となったその返事を、エンゲバーグは一切怯《ひる》むことなく受け止めて見せた。

「引き受けて頂けるのなら、我が国で最も優秀な薬師をこちらに派遣致します」

「本当ですか……⁉︎」

今度はエルネスタが声を上げた。

一年前から床に伏せるようになった養母の痩せた顔が思い出されて、同時に雲間から光が差すような心地がした。

「どんな望みでも叶《かな》えてやれと、皇帝陛下より仰せつかっております。エルネスタ様さえ頷いて下されば、明日にでも遣いを出しましょう」

「わかりました。引き受けさせて頂きます」

二つ返事だった。母の命が助かる可能性があるなら何だってできる。どんなに危険な計画だって、どんなに無茶な使命だって構わない。

「何言ってる、エリー！　この男の言う事を鵜呑《うの》みにする気か⁉」

これに異を唱えたのは、やはりブルーノだった。

エルネスタは毅然《きぜん》と強面《こわもて》を見据えた。何を言われても、どれほど敬愛する父を悲しませることになっても、一歩も引くつもりはなかった。

「父さん、母さんが治るかもしれないのよ。それも今までで一番可能性のある話だわ」

「駄目だ、身代わりで結婚だなんて！　しかも相手はあのシェンカの国王なんだぞ！」

シェンカの国王といえば、非情なる人狼王として悪い意味で有名だ。戦場では悪鬼の如《ごと》しと恐れられ、部下を死地に向かわせることに何のためらいもない無慈悲な国王なのだと。

「そんなことどうだっていいわ。私の身に何があったって、母さんの命には代えられないもの」

娘の覚悟を感じ取って、ブルーノは一瞬口を噤《つぐ》んだようだった。しかし納得したわけではなかったらしく、すぐに怒りに燃える瞳で睨《にら》みつけられてしまった。

「この馬鹿娘！　そんなことで助かって、母さんが喜ぶわけないだろう！」

「そう、ただの自己満足。母さんには身代わりの話は伝えないんだから、それでいいでしょ？」

「そういう問題か！　これはお前の命に、そうでなくとも将来に関わる話なんだぞ！」

それは店全体を震わすような怒鳴り声だった。きっとイゾルテの寝室にまで響いたことだろうが、内容までは聞こえなかったと思いたい。

ブルーノの心配が痛いほどに伝わってきて、エルネスタは目の奥が熱くなるのを感じた。

今この状況にあって、イゾルテのためにその身を捧《ささ》げよと言われない事が苦しい。ブルーノからすれば女房の命より優先すべき事なんて無いはずなのに、義理の娘と天秤《てんびん》にかけて苦渋の決断を下したのだ。

充分だ。この大好きな両親は、後に生まれた弟と同じだけの愛情を注いでくれた。だから返さなければ。今まで受けた恩を考えたら、これくらいのことでは足りないけれど。

「私は母さんに命を救ってもらった。だから、今度は私が母さんを助ける。できる事はなんだってする。父さんが何を言ったって、絶対に止《や》めるつもりはないわ！」

見事としか言いようのない啖呵《たんか》が白熱した空気を吹き飛ばしてしばらく、ブルーノはエルネスタから目をそらして深い溜息をついた。それは自らに言い聞かせるための重さを伴っていた。

「……それなら勝手にしろ。俺は育て方を間違えたらしい。最後には自分のことを優先するよう言い聞かせておけばよかった。もっと人並みに狡《ずる》く、柔軟な子だったなら、こんな事にはならなかったのに」

自嘲と冗談が入り混じったような呟《つぶや》きに、エルネスタは胸が一杯になってしまった。

心配をかけることを謝りたいのに、上手《うま》く言葉に乗せる事ができずに口を閉ざす。そうしているうちにブルーノは顔を上げて、エンゲバーグを睨み据えていた。

「三ヵ月だ。たとえエルメンガルト様とやらが見つからなくても、三ヵ月で絶対に返してもらう。いいな」

これ以上は絶対に譲らないという威圧感に、エンゲバーグは飄々《ひょうひょう》と頷いた。

「構いません。必ず見つけ出しますゆえ」

ブルーノは未だに眼光を鋭くしていたが、それ以上否やは唱えなかった。


店から居住スペースに繋《つな》がる扉を開けると弟が待ち構えていて、エルネスタはもう少しで声を上げるところだった。

「びっ……くりした。コンラート、あなた聞いて」

「ばっかじゃないの！　姉さんって、なんでいつもそうなわけ⁉」

コンラートは今年で十五歳。固そうな短髪と知的な目元が両親それぞれにそっくりの、利発なかわいい弟だ。彼はエルネスタの出生の秘密も知っていて、それでも姉と慕ってくれている。

きつい物言いはいつもの事だったが、ここまで激昂しているのを見るのは初めてで、エルネスタはどうしたものかと足を止めた。

「そうやって遠慮ばっかりしてさ……！　このかっこつけ！」

「コンラート、聞いて。私は」

「知らないよ！　自己犠牲を良しとするなら、勝手にしたらいいんじゃないの⁉」

いつの間にこんなに大人びた言い回しを覚えたのだろう。まだまだ子供だと思っていたのに、背の高さもいつしか追い抜かれてしまった。

この弟は労《いたわ》りを言葉に乗せることは少ないのだが、本当は心優しいことを、エルネスタはよく知っている。

「お願いよ。母さんのこと守ってあげて」

「言われなくてもそうするよ！　馬鹿！」

顔を真っ赤にして叫んだコンラートは、足音荒く家の外に出て行ったようだった。

喧嘩《けんか》別《わか》れのようになってしまった事に心を痛めつつ、エルネスタは再び歩き出す。母にしばしの別れを告げるために。

ノックをしてから部屋に入ると、イゾルテはすっかり目を覚ましていて、ベッドに起き上がってエルネスタを迎えた。

「エリー、一体何があったの。大丈夫だった？」

寝巻きから覗《のぞ》く腕と首は骨と皮だけになっていて、エルネスタはそのやつれ方にいつも不安を覚える。

病床に伏していてもイゾルテは綺麗《きれい》だった。一つにまとめられた栗色《くりいろ》の髪も、輝きを失わない青い瞳も。エルネスタの持つ色とは違うそれらが、今は酷《ひど》く遠く感じられた。

もうきっと残された時間は多くない。今回のことで治療の可能性が僅《わず》かでも垣間見《かいまみ》えて、本当に良かった。

「大丈夫よ。父さんがお客さんと喧嘩してただけ」

「もう、お父さんは血の気が多いんだから。それで、喧嘩は終わったの？」

「うん。両方納得したみたい」

ここまでは嘘ではない。しかし明らかにホッとした様子の母を前に、エルネスタは胸が張り裂けそうな程の痛みを感じた。

「母さん。実は私、奉公に出ようと思うの」

イゾルテは目を見開いた。いきなりの話題に驚かせてしまったことを詫《わ》びたエルネスタは、ベッドの側《そば》の椅子に腰掛けて、やせ細った手を握る。

「と言っても三ヵ月だけなんだけどね。この店も忙しくなっちゃうけど、許してもらえる？」

違う、本当は皇帝陛下の使者が来たのだ。ここまで育ててくれたイゾルテには、本来ならば包み隠さず話さなければならないのに。

「エリー、あなた、無理をしているわね」

心中を言い当てられてしまったエルネスタは思わず手を強張《こわば》らせた。その小さな動揺は確実にイゾルテへと伝わってしまっただろう。

「一体どうしたの。私の治療費のことなら、あなたが気にすることじゃないって前にも言ったはずよ」

この鍛冶屋はそれなりに儲《もう》かっている。今のところは薬代に困ったことはなく、だからこそ治らない事が歯痒《はがゆ》かった。

エルネスタが病身の母を残して無意味な奉公に出るはずがない。イゾルテは娘の性格をよく理解していて、きっと突然の申し出に違和感を覚えたのだろう。

「うん、だからそういうわけじゃないわ。ちょっと北方で染織の勉強をしてこようと思って」

エルネスタは行き先すらも嘘をつくことにした。人狼の国に行くなどと伝えたら、きっと余計な心配をかけてしまう。

「北方？」

「そうよ。北の民族は技術が凄《すご》いって聞くでしょ？　ずっと行ってみたかったの」

とっさの嘘にしては上出来とはいえ、不自然な申し出の理由付けにはいささか心もとない。当然イゾルテを信じ込ませるには説得力が足りなかったようで、彼女はしばらく娘の瞳を見つめると、最後には苦笑を零《こぼ》したのだった。

「もう決めたみたいね。いいわ、いってらっしゃい」

「……いいの？」

「ええ。可愛《かわい》い子には旅をさせろって言うしね。あなた決めたら引かないんだもの」

私の良くないところが似ちゃったわね、とイゾルテは笑う。エルネスタは罪悪感と寂しさと、今までの感謝やいろいろな感情がごちゃ混ぜになって、訳も分からないまま視界が滲《にじ》むのを感じた。

私がいない間に最高の薬師とやらは母さんを治してくれるのだろうか。もし駄目だったら？　私がいない間に、万が一のことがあったとしたら……？

違う。それは考えてはならない可能性だ。たとえ母の最期に立ち会えなかったとしても、エルネスタは行かなければならない。そうでもしなければ、決して返しきれる恩ではないのだから。

「ねえ、母さん。どうして私のこと育ててくれたの？　なんでそうまでして、助けてくれたの？」

イゾルテは殺される寸前の赤子を救ったことで、宮殿を辞さなければならなくなった。学問の最高研究機関で働いていたのに、大好きな天文学者の仕事を捨て、弱冠二十歳の若者が他人の子を背負って街に出たのだ。エルネスタにその頃の記憶は無いが、想像を絶する苦労があったに違いない。

娘の真剣な瞳に感じるものがあったのか、イゾルテは少し居住まいを正した。相変わらずその顔には優しい笑みを乗せていたけれど。

「うーん、そうね。姫様の……ええと、今の皇后さまの講師も担当していたから、あの方が悲しむのを見たくなかったっていうのは大きいかな。まあ何より、可愛かったのよね。あなたが笑ってたから」

これから死ぬ運命であることも知らず、その赤子は無邪気に笑っていたらしい。こんなにも純粋な命を大人の都合で消し去ろうとする傲慢。それが何よりも許せなかったのだと、イゾルテは苦笑した。

ああなんて、母さんらしい動機なのだろう。

母親として、女性として、それ以上に人として尊敬できる人だと思う。この人に育ててもらえて良かった。自分は多分、この世で一番の幸運の持ち主だ。

生きていて欲しい。たとえ自らがどんな目にあったとしても。

「母さん。私、頑張るからね。だから母さんも頑張って」

決意をもって告げると、イゾルテもまた力強く頷いてくれた。

「ええ、ありがとうエルネスタ。いい？　苦しくなったら星を数えるの、そうしたら」

「自分の悩みのあまりの小ささにどうでも良くなっちゃう、でしょ？　わかってるわ」

娘がしたり顔で天を見上げる動作をして見せるので、イゾルテもまた満足そうな笑みを浮かべたのだった。


次の日の朝はすぐにやって来た。エルネスタは家族や友人と別れを惜しむ時間もそこそこに出立し、今はエンゲバーグと共に馬車に揺られている。

期限は三ヵ月。その内の六週間は往復分の移動に消え去るため、エルメンガルトとして振る舞うのは実質半分の期間のみ。

そんな短い間でもお世話になる人には礼を尽くしたい。そんな思いで、エルネスタは目の前の紳士に向けておずおずと笑いかけた。

「これからよろしくお願いしますね。その、エンゲバーグ伯爵、と呼んでも？」

距離感を測りつつ話しかけると、エンゲバーグは困ったように微笑《ほほえ》んでくれた。

「構いません。ただ、できればもっと楽に話していただきたいのです。エルメンガルト様は臣下に敬語はお使いになりませんので」

「そんな！　む、無理です、そんなこと！」

貴族とは平民からすれば顔を見ることすらおこがましい存在なのだ。それなのにいきなり楽に話せと言われても難しいものがある。

「どうかお願い致します。この計画は、露見すればその場で終わりの危ういもの。貴女様《あなたさま》の立ち回り一つで危険を回避できるのです」

エンゲバーグは人の居ない場でもこの丁寧な態度を崩す気は無いらしい。貴族として皇族に絶対の忠誠を誓っているのだろうが、エルネスタ自身はただの庶民だというのに。

「わかり、ました。努力します。できる限りは」

「そうしていただけると助かります」

「ええと、エンゲバーグ伯爵は、エルメンガルト様をよくご存知なんです……なの？」

無理やり敬語 喋《しゃべ》りを正したエルネスタだったが、エンゲバーグは苦笑しただけで何も言わなかった。鋭いところのある人物だが、基本的には優しい心根の持ち主なのだろう。

「よく知っておりますとも。私はエルメンガルト様の歴史の講師を務めさせていただいておりましたから」

「そうだったんで……そうだったの。それなら、エルメンガルト様について教えてもらえないかしら。戻ってこられた時に、あまりに性格や行動が違うと怪しまれると思うから」

できることなら怪しまれないまま役目を終えたい。やるからにはきちんと務めを果たすべきとの考えは、エルネスタからすれば当然のことだ。

「エルネスタ様、あのお方を真似《まね》ようなどとは思わなくても結構ですよ」

それなのに何故《なぜ》だかすげなく断られてしまった。最低限の口調だけ寄せればいいだなんて、随分と雑な身代わりだ。

「どうして？」

「不可能だからです。エルメンガルト様の独特の話し方、考え方、行動理念……どれも一般的な感覚を持った者では理解し得ません」

なんだかものすごい言われようである。今更のように実の姉への興味を抱いたエルネスタは、同時に底知れない不安を感じて顔を引きつらせた。

「あの、それは、どういうこと」

「あの方は天才肌なのです。悪い意味で」

それに対してエンゲバーグは淡々としたものだった。彼の表情と声音には、明らかな諦めが滲んでいる。

「一つ言えるとすれば、とても毅然としたお方です。いつも堂々としておられ、慌てるご様子は拝見したこともございません」

「それは凄いことだわ。私、何があっても慌てないでいるなんて無理かもしれない」

唯一得た情報も到底真似できないようなものだったので、エルネスタは肩を落とした。エンゲバーグもそれはわかっていたようで、あっさりと肯首してくれる。

「エルネスタ様は常識的なお人柄のようですから、そのままお過ごしいただければよろしいでしょう。エルメンガルト様がお戻りの後には、慣れて素が出てきたんだなとでも思わせれば良いのです」

「何というか、それって色々と大丈夫なの？」

「仕方がないのです。こんな計画を実行するなど正気の沙汰ではありませんから、可能性すら考えないであろう心理をうまく利用しましょう」

最後の台詞《せりふ》は自分達が正気でないと言っているようなものだったが、そこには触れないことにした。エンゲバーグはどうやら苦労人のようで、皺のある目元が疲れ切って見えたからだ。

「エンゲバーグ伯爵は、ずっとシェンカに居てくれるの？」

「ええ、少なくともエルメンガルト様と交代なさるまでは居る予定です。皇帝陛下よりの書状もまずは私預かりとなります。仕事は案外多いのですよ」

「それは心強いわ。それにしても大変なお仕事なのね」

エンゲバーグは何でもないことだと言ったが、その瞳はどこか遠くを見ているようだった。

「ちなみに、エルメンガルト様を探す者達とは伝書鳩《でんしょばと》で連絡を取っています。伝達率は八割を超えますので、最も速い連絡手段として重宝しています」

「すごい！　訓練するのが大変だったでしょうね」

「はは……ここまで活躍するとは思いませんでしたがね……」

やっぱり彼の笑顔にはどこか力がない。この大使が苦労人かつ努力家であることに確信を抱きつつ、エルネスタは頷くに留めた。

「それなら、シェンカの国王陛下について教えて。必要なことは全部知っておきたいの」

「ふむ、エルネスタ様は勤勉ですな。感心です」

勤勉というよりはただの好奇心が少しと、情報を得ることで失敗を極力無くしたいだけなのだが、エンゲバーグは満足顔だ。

「恐ろしい人狼王。冷酷にして無慈悲な性格で、在位八年にして著しく国を発展させながらも、同胞を他国の戦に駆り出す血も涙もない男。また凄まじいまでの剣の腕前を備え、戦場では悪鬼の如しと恐れられた戦の天才。貴女が聞いたことがあるのはこのくらいでしょう」

エルネスタは頷いて肯定の意を伝えた。シェンカの冷酷無比な人狼王については、ブラル帝国でもよく知られている。

しかしそれが真実であれ虚偽であれ、依頼を断る理由にはなり得ない。だからこそ今まで確認しなかったのだ。

「それで、あなたの見解は？」

「最大の功績は、傭兵《ようへい》として各地に散っていた人狼の戦士を王国軍として組織した事かと。数ヵ国との同盟を結んだ事といい、恐ろしいほどの政治手腕と言えましょう。数回お目にかかる機会を得ましたが、冷静で強靱《きょうじん》な意志を持ったお方という印象です」

エンゲバーグは淡々と語ったが、結局それ以上の話はできないと締めくくった。人柄を知るほど打ち解けてはいないし、勝手な憶測で語ることはできないのだと。

それは確かに彼の言う通りだ。エルネスタとて会いもしない相手の人柄を噂だけで決めつけるつもりはない。

「エルネスタ様。イヴァン陛下とはそれなりに仲良くなされませ」

「それなりに？」

「ええ。この婚姻は両国の同盟を堅固にする為《ため》に重要なもの。歩み寄る姿勢を見せねば、どんなケチをつけられるかわかりません」

人狼族の国シェンカとブラル帝国の関わりはまだまだ浅い。圧倒的な身体能力を持ち、狼の姿に変身する彼らには、人から見れば畏怖の感情を持つのも無理からぬことだったからだ。

「ケチをつけられるだなんて、そんな心持ちで接するのは良くないわ」

しかしエルネスタは人狼族に対する偏見を持ち合わせていない。国境の町では彼らとも少しばかり交流があるため、自分たちとなんら変わりのない、思いやりのある種族であることはよく知っているつもりだ。

「確かに信頼関係を築く上では良くありません。しかし貴女様の仕事はエルメンガルト様の身代りなのです」

もっともな指摘を受けてエルネスタは閉口した。

確かにそうだ。あまり仲良くなりすぎると、身代わりが露見する危険が増すことは間違いない。

「人狼族と人間との隔たりを甘く見てはなりません。つい九年前まで、シェンカは隣国リュートラビアと戦争状態にあったのです。人狼族の中には人間と見るやかつての戦の惨状を思い出し、憎悪を示す者も多い」

エルネスタはその戦についてよく知らない。隣国同士が争っていたとはいっても、地理的には遠い彼方《かなた》の出来事だ。

エンゲバーグは人狼族との関係の悪さを包み隠さず教えてくれる。有難《ありがた》い事ではあるが、かの国での日々を想像すると、エルネスタの心は沈んでいった。

「できうる限り穏便に、しかし心の内を悟られることの無いよう付かず離れずの距離を保ちなさい。適度に良好な関係を築くのです。それが貴女に課せられた使命、なのですから」

それはあまりにも難しい要求だった。それをエンゲバーグもよくわかっているのだろう、彼は申し訳なさそうに目を逸《そ》らし、そのまま窓の外へと視線を逃した。

こちらにとって都合がいいだけの仲の良さが、果たして実現できるのだろうか。言い知れぬ不安を抱えたエルネスタもまた、揺れる瞳を流れる景色へと向けたのだった。


シェンカの王都は山間部に位置しており、この季節はブラルよりも幾分か過ごしやすい。とはいえ丈長の衣装を纏《まと》っていればそれなりに暑く感じるものだが、今のエルネスタは緊張するあまりに汗をかく方法すら忘れてしまっていた。

三週間の旅路は瞬く間に過ぎ去り、エルネスタは今、シェンカの王城内部の固く閉ざされた扉の前にいる。

身に纏うのはアークリグと呼ばれるシェンカの伝統衣装。色は薄紅色で一目で上質と判るサテンで作られており、ウエストを境に広がった裾と、スリットの入った袖が翻《ひるがえ》る様が美しい。髪もいつものお下げと違って結い上げられ、後れ毛を前に垂らしている。ブラルの文化とはまた違った雰囲気の装いは、若い娘ならば高揚せずにはいられないような情緒と煌《きら》めきに満ちていた。

そう、着ているのが自分でなければ。

何もかもが突貫工事で仕上げられた作り物の姫君は、きっと見るからに貧相な印象を与えるだろう。同じ顔でもエルメンガルトならば品格を漂わせているに違いない。

この扉の先にいる件《くだん》の国王陛下とやらは一体どんなひとなのだろうか。こんなのが相手ではさぞがっかりするだろうが、もはや覚悟を決めるより他はない。

集中だ。今こそ持ち前の度胸が試される時なのだから、しっかり務め上げなければならない。

エルネスタは再度気合を入れて、胸を張って前を見据える。重厚なレリーフが施された扉が開け放たれた先は、おとぎ話で目にするような大広間だった。

城の一番重要であろう場所にふさわしく、天井は吹き抜けになっており、異国情緒あふれる細工が全面に施されている。

大勢の貴族がその下に待ち構えており、彼らはこの国の文化に従って絨毯《じゅうたん》に直接腰を据えていた。エルネスタが現れるや皆一様に静まり返るのだから、場の緊張も極限に達しようというものだ。

値踏みする視線が全身を刺し貫くのを感じて手に汗が滲む。唯一の味方であるエンゲバーグは今は後ろを付いてくるだけで、何かヘマをしても彼の助けは期待できないだろう。

エルネスタは静々と歩いた。できるだけ優雅に見えるようにと気遣う余裕が無いのは、広間の最奥でゆったりと胡座《あぐら》をかく一人の男のせいだった。

男はチョハと呼ばれる丈長の衣装と革のブーツを身に纏っていた。色は英雄のみに纏うことが許される黒で、繊細な金の刺繍《ししゅう》が施されており、決して派手ではないのに彼の存在感を増幅させるようだ。胸には弾帯があしらわれ、腰には短刀を差したその姿は、古くは狩猟民族として栄えた人狼族の長《おさ》に相応《ふさわ》しい。

窓から差し込む日光を受けて輝くのは金色の髪。前髪の下には意志の強そうな藍色の瞳があって、己の花嫁になる女をしかと見据えている。歳はたしか二十八。すっと通った鼻筋に、程よい厚みのある唇は真一文字を描く。

この美しい男こそが、この国の国王であるイヴァン・レオポルト・ウルバーシェクである事は、一目見た時から判っていた。

目を奪われているうちにいつのまにか王の前に到着してしまった。幸いにも体は勝手に動いて、シェンカ式の礼を取る。

「楽に」

声をかけられたので顔を上げると、国王もまた立ち上がってこちらを見下ろしていた。

随分と背が高く、厚みのある戦士らしい体付きをしている。その堂々たる立ち姿には気圧《けお》されずにはいられなかったが、エルネスタは後ずさりをしないよう踏ん張ることに成功した。

「お初にお目にかかります、陛下。私はエルメンガルト・ヘラ・バルゼンにございます。今後ともどうぞお側にあることをお許しくださいますようお願い申し上げます」

「遠いところまでようこそ、姫君。貴女には苦労をかけることと思うが、今後ともよろしくお願いする」

なんとか言い切った安堵感《あんどかん》は、事務的としか言いようのない返答にかき消された。

男らしい美貌は何の感情も語ることはない。形式だけの握手が済むと広間に拍手が巻き起こって、最初の難関を切り抜けたらしい事をエルネスタに伝えた。

しかしそれでも、胸の内に渦巻く不安は大きさを増していく。こんなにも立派な一国の主《あるじ》を騙《だま》すという罪悪感。そして何よりも、彼と近しい関係にならなければならないという、その使命の難しさを感じずにはいられない。

何でも見透かしてしまいそうな、深い色をした美しい瞳。まるで夜空のような。

――誰かに、似てる？

何の脈絡もなくそう思ってしまい、エルネスタは自らの思考を慌てて閉ざした。意味のない事を考えている場合ではない。今はただ、失敗がないようにこの場を辞さなければ。

エルネスタは微笑んだが、イヴァンは驚くほど何の反応も返してはくれなかった。それは「冷酷な人狼王」という評判に似つかわしい、冷たくも堂々とした態度だった。

謁見は挨拶だけで終わり、エルネスタはあっさりと大広間を脱出することができた。

「エルメンガルト様、ご立派でございましたな」

「……エンゲバーグ伯爵、ありがとう」

エンゲバーグが労《ねぎら》いの言葉をかけてくれたが、聞き慣れない呼び名に一瞬反応が遅れる。

シェンカの王城に辿《たど》り着《つ》いたのはつい先程のことで、その瞬間から彼はエルネスタをエルメンガルトと呼ぶようになったのだが、そう簡単に慣れるものでもない。周囲の者は特に気にも留めないほどの小さな間ではあったが、こんな調子では先が思いやられる。

「結婚式は明日ですからな。本日はごゆっくりなさいませ」

「ええ、そうします。エンゲバーグ伯爵もね」

こういう時、本当の姫君はなんと言うのだろうか。「ご苦労だったわね、下がりなさい」とかそんなところだろうか。

だとしたらエルネスタにはとても難しい振る舞いだ。エンゲバーグのような目上の者相手に、そんな横柄な態度が取れるはずがない。

エンゲバーグは微かに苦笑を漏らしたものの、当然ながら何も言うことはなかった。

エルネスタは今日から王妃の間で生活することになっている。紺のお仕着せを纏った二人の侍女の案内を受けて大人しく付いていくと、辿り着いたのは美しく整えられた部屋だった。

臙脂色《えんじいろ》と木目調で統一された室内は、まず第一に落ち着く事を前提に設《しつら》えられているように見えた。

この部屋もまたこちらの文化圏の要素をふんだんに盛り込んでいて、暖炉のすぐそばには華やかな意匠の絨毯が敷かれ、すぐ上にクッションが三つばかり置いてある。カーテンはタッセル付きのロープで括《くく》り、寝台の側には刺繍入りの衝立《ついたて》が置かれ、家具調度品に施された彫刻は繊細で美しい。

そのどれもが乙女心をくすぐるもので、エルネスタは立場も忘れて感動してしまった。

「素敵な部屋……」

エルネスタにとっては実家の自室の十倍もあるこの部屋は勿体無《もったいな》いばかりだけれど、きっと世の中の姫君ならば何のためらいもなく気に入るに違いない。

「エルメンガルト様、改めてご挨拶を。私は侍女長のルージェナでございます。今後貴女様の身の回りの一切を、責任を持って整えさせていただきますので、どうぞお見知り置きくださいませ」

最初に名乗ったのは大広間から先頭切って案内してくれた貴婦人だった。

おそらくは五十代と思《おぼ》しき侍女長は、冴《さ》え冴《ざ》えとした美貌の持ち主だった。白髪まじりの金髪をきつく結い上げ、厳しそうな目つきをして、唇を真一文字に引きむすんでいる。

「だ、ダシャと申します！」

勢いよく頭を下げたのは十五歳ほどと思しき少女。赤銅色の髪を結い上げた侍女は、小柄な体を緊張に固めていた。案の定ルージェナがそれを見咎《みとが》めて、おほんと小さく咳払《せきばら》いをする。

「ダシャ、その落ち着きのなさはなんです」

「はっ、はぃぃ……！　し、失礼いたしました、エルメンガルト様！　私が、本日より御身のお世話を仰せつかっております。不束者《ふつつかもの》ですが、どうか寛大なお心でお許しくださいますよう、お願い申し上げます……！」

ものすごく畏《かしこ》まって頭を下げられてしまい、エルネスタは心の中で恐縮した。

このダシャもまた、王妃付きになるのだから さぞ歴史ある名家の令嬢なのだ。本来エルネスタのような平民[illegible]ることさえあり得ない相手だというのに。

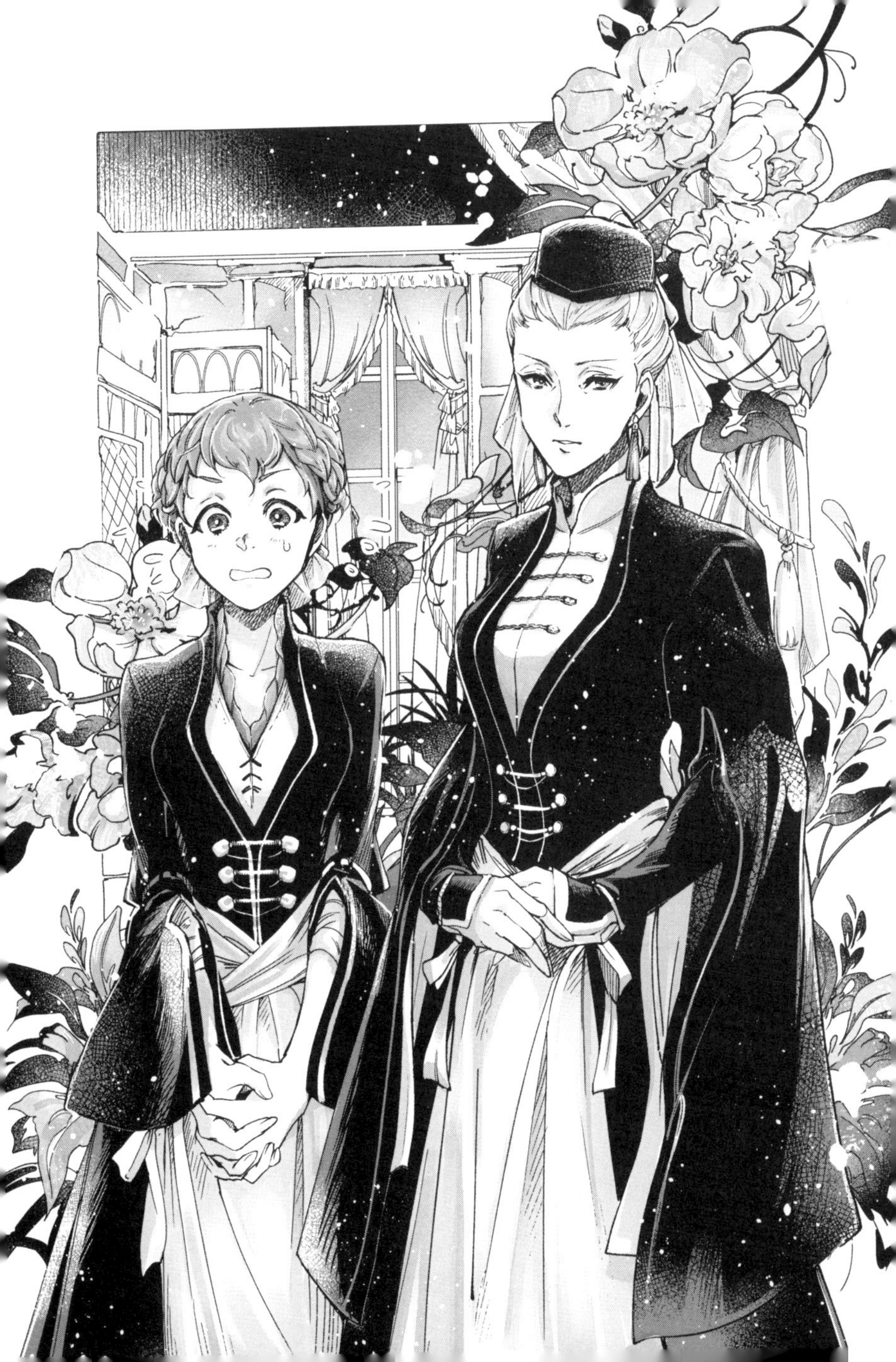

「ダシャ、大丈夫よ。私は怒ったりしていないから」

ダシャが恐る恐る顔を上げるのを待って、エルネスタは二人に向かって微笑んで見せる。

「エルメンガルト・ヘラ・バルゼンです。二人とも、これからよろしくお願いしますね」

事前の打ち合わせ通りに挨拶したつもりだったのだが、侍女達の反応はどうしてか鈍かった。

彼女らの間に漂うのは戸惑いだろうか。初対面という状況以上に分厚い壁があるような気がして、エルネスタもまた困惑を覚える。

人狼族と人との間には、思っていたよりも深い溝があるのかもしれない。確信にも似た予感を抱きつつ、エルネスタは出来うる限り優雅に微笑むのだった。


結論から言えば、結婚式の記憶はあまり残らなかった。

式の間中緊張しきっていて、とにかく何か失敗しないように必死だったのだ。

お辞儀の仕方ひとつ取っても本物の姫君たる仕草を見せねばならないのは、エルネスタにとっては途方も無いほどの苦労を要した。

歩き方は凛《りん》と背筋を伸ばして、それでいてたおやかに。契約書へのサインも事前に練習しておいた本人の筆跡に似せる。どれほど緊張していても顔には幸せそうな笑みを浮かべ、さらには口調もお淑《しと》やかに、答えられないような質問はされないようになるべく静かに過ごす。

ずっと気を張り続けていたエルネスタだが、一つだけ気になることがあった。

この国王陛下は、笑顔というものをどこかに置き忘れてしまったのだろうか？

ようやく解放されたのは夜も深まってからのことだった。

エルネスタは煌びやかな衣装のまま寝台へと飛び込みたい衝動に駆られたが、その欲望に負けるよりも早くルージェナに声をかけられた。

「王妃様、まずはご入浴を。ご案内します、どうぞこちらへ」

周囲にもすっかり王妃様呼びが定着してしまい、エルネスタはなんとも居心地が悪かった。生まれはどうあれ庶民なのだから、こんな待遇は落ち着かない。

脱衣所に入ると、ルージェナはさっそく花嫁の衣装を脱がしにかかった。

「お一人でご入浴されるとの事ですが、本当によろしいのですか」

「ええ、大丈夫よ」

強靱な締め付けのコルセットから解放され、エルネスタは溜息をついた。

何でも、人狼族には貴族でも入浴の際に手伝いを付ける習慣がないらしい。それでもルージェナはブラルの習慣に合わせて手伝いを申し出てくれたのだが、エルネスタは断ることにした。そうそう甘えるわけにもいかないし、何より市井育ちとしては一人の方がよほど気楽なのだ。エルメンガルトも一人で城を出たのだから、今頃入浴の仕方くらいは身に付いているだろう。

「畏まりました。それでは、ご入浴を終えられましたらお呼び下さい」

ルージェナはニコリともしないまま、淑やかに礼をすると退室して行った。

ようやく一人になったエルネスタは、頼りない下着姿のままへなへなとくずおれる。

疲れた。ただひたすらに疲れた。

正直言ってもう何もしたくない。脱衣所がこんなに広いなら、適当な布でも敷いてこのまま眠ってもいいのに。

しかしそんな事は許されないのだと解っていた。何せ今からはある意味何よりも大事な仕事が待っている。

胃が痛くなってきた気がする。いや、大丈夫。エンゲバーグが言っていた事を思い出せば、少しは落ち着けるはずだ。

*

「初夜についてですが、事を成さないように上手く誘導していただきたいのです」

それはシェンカまでの道中、馬車の中で色々な確認事項を反芻《はんすう》していた時のこと。エンゲバーグからの指示に、エルネスタは両目を瞬《まばた》いた。

「どうして？　そんな事をしていいの？」

「ええ。むしろ、そうしていただかなければ困ります」

驚愕《きょうがく》を隠せないエルネスタに対して、有能な大使は気まずそうに咳払いをする。

「こんな事を男の私から言われるのはお嫌でしょうが……。つまりその、エルメンガルト様は純潔をお守りになっているはずなのです。ああその、違いますぞ。私は決して、女性のことをそんな目で見ているわけではありません。断じて。これはエルメンガルト様付きの侍女から聞き取った情報であり」

「解ったわ、大丈夫よ伯爵。変な誤解をしたりはしないから」

失礼とは知りながらも長くなりそうな説明を苦笑含みで遮ると、自らの失態に気付いたエンゲバ

ーグは頬を赤らめつつ話を戻した。

「つまりですな。エルメンガルト様にお戻りいただいた時に乙女であったなら、かなりの可能性で

陛下はお気付きになるという訳です。既に体を重ねた相手がある日いきなり乙女に戻ったら、誰だ

って疑念を持つでしょう」

「確かに。それはそうよね」

それは納得せざるを得ない話だった。赤裸々な内容に羞恥を覚えつつ、エルネスタは赤くなった

顔を上下に振る。

正直に言って安心したのも事実だ。

どんなことでも耐えてみせる覚悟はある。それでも、未知の行為への恐怖心はぬぐいきれなかっ

たから。

「わかったわ。何とか回避できるように頑張ってみる」

「お願いします。エルネスタ様にとってもその方がよろしいでしょうから」

意外にも労りの言葉をかけられてしまい、エルネスタは瞠目《どうもく》した。

「私のことを心配してくれるの？」

「勿論《もちろん》です。貴女様はご両親を大事にしておられる心の優しいお嬢様で、我々はそんな貴女様にとんでもない無茶をお願いしてしまった。できることならそのままのお姿で帰して差し上げたいと思っております」

エルネスタの両親はブルーノとイゾルテだ。それを他者から認められる事がこんなに嬉しいのだとは、彼は想像もしていないだろう。

改めて大使がエンゲバーグであったことに感謝したエルネスタは、礼を述べて力強く頷くのだった。

＊

何とか風呂場を後にした頃には余計に疲労困憊《ひろうこんぱい》していた。頭の中は「どうやってこの難局を乗り越えるか」を考えることで一杯だ。いくつか案を授かったにせよ、今まで恋人の一人もできたことのない自分が、そう器用な方であるはずもない。

ルージェナはすぐにやってきて、エルネスタを磨き上げ始めた。顔に粉を叩《はた》かれ、薄く紅を引かれたあたりで、そろそろ現実がのしかかってきて息が詰まる。

「お綺麗です、王妃様」

「ありがとう」

侍女長の抑揚のない賛辞を、エルネスタはお世辞と断じた。こんなに綺麗な白い寝間着だなんて、似合わないに決まっている。

けれど実際には、エルネスタは誰の目から見ても美しい姫君と映っていた。三週間の努力と元々の整った目鼻立ちが、何ら恥じるところのない完璧な姫を作り上げていたのだ。

「お笑い下さいませ。これはこの国の王妃となった、貴女様の務めです」

ルージェナは感情を排除した瞳でこちらを見据えている。

そう、確かにこれは当然の務めなのだ。その務めを放棄するつもりだと知ったら、この職務に忠実な侍女長はどう思うのだろうか。


案内されたのは自室ではなく、続きの扉の向こうの寝室だった。背後で扉が閉ざされた音に体を強張らせたエルネスタは、恐々と先客の元へと歩んでいく。

丈の長い灰色の寝巻きを纏ったイヴァンは、毛皮で作られたラグの上に座り込んで何やら羊皮紙を確認しているようだった。もしかすると随分と待たせてしまったのかもしれない。

それにしても本当に緊張してきた。今喋ったら歯の根が音を立てるに違いない。それなりに度胸のある方だと自負していたのに、この難局にあってはそんなものは何の役にも立たないようだ。

このとき極限状態に陥った頭が、急に一つの気付きをもたらした。彼と二人きりで向き合うのはこれが初めてではないか。

このひとはどういうひとなのだろう。

人狼族の王様にして、周辺諸国に恐れられる程の才気を持つ男。生まれながらにして尊ばれてきたこのひとには、本来ならば会うことすら叶わないはずだった。

「まるで狼を前にした兎《うさぎ》だな。……いや、まるでというより、本当にそうなのか」

ようやく書類を置いてエルネスタを見上げた顔には、皮肉げな苦笑が浮かんでいた。なぜそんな顔をするのか、そして何を言われたのか理解できず、つい体を震わせてしまう。

するとイヴァンはますます顔を歪めた。その表情にエルネスタへの侮蔑の色はなく、だからこそ何故そんな笑い方をするのかが解らない。

「王妃殿。そんなに怖がらなくても、無理に取って食ったりはしない」

エルネスタは瞠目した。今、このひとはなんと言った？

「今日は寝よう。俺も疲れた」

望みもしない展開である。まさか向こうから断ってくれるとは。

目の前が明るく開けたような気がした。エルネスタは安堵のあまりくずおれそうな程で、微かに漏らした溜息を聞き留められていたとは思いもしなかった。

既に無表情を取り戻したイヴァンが、ふと立ち上がって歩き始める。その足は明らかに寝台へと向かっていて、エルネスタもそれに続くべきかと足を踏み出す。

しかし、彼がチェストから短刀を取り出したのを見て体を凍りつかせた。

一体どうしてそんなものを。護身用？　いいえ、まさか最初から知られて……？

そこまでの思考を目まぐるしく駆け抜けたものの、まったくの杞憂《きゆう》に終わった。

彼は何のためらいもなく自らの掌《てのひら》を斬りつけたのだ。

あまりのことに言葉を失う。滴る赤がシーツに染みを付けた段階で、エルネスタは殆《ほとん》ど無意識に走り出した。

「何をなさっているのですか⁉」

怒濤《どとう》の勢いでイヴァンの手を取ると、ぱっくりと開いた傷が鮮血を滲ませていた。

回らない頭で何かないかと思案した末に、自らの胸元のリボンを引き抜いて掌に巻き付けていく。ちなみにこのリボンはただの飾りなので、取ってしまっても何ら問題はない。

「酷い傷……！　どうして突然こんな事を？」

「お互いに務めを果たしたことにするためだ」

確かに理屈は通る。しかし、そこまでする意味がわからない。

エルネスタは思わず驚愕に見張った瞳をイヴァンへと向ける。すると何故だか彼もまた意外そうに目を瞬かせていた。それは幻かと思う程に一瞬のことで、すぐに鉄面皮を被《かぶ》り直《なお》すと、エルネスタの手をやんわりと振り払う。

「待って下さい、ちゃんと手当てをしなければ」

「放っておけば治る。必要ない」

「ですが！」

「くどい。俺は要らぬと言ったんだ」

一喝する声は静かだったが、むしろ凄みを孕《はら》んで闇を裂いた。

イヴァンの瞳が凍《い》てつく夜の色を帯びている。その藍色が語る明確な拒絶に、エルネスタは動けなくなってしまった。

先の提案は幸運などではなく必然で、この国王陛下は自らの妻を疎ましく思っているのだ。

それからは取り付く島もなかった。イヴァンは赤く染まった純白のリボンを手に巻き付けたまま、話は終わったとばかりに寝台に横たわる。寝息を立て始めた背中をしばし呆然《ぼうぜん》と眺めたエルネスタは、やがて小さく溜息をついて肩の力を抜いた。

どうやら仮初《かりそ》めの夫はかなりの難物のようだ。

何故こんなにも拒絶を露《あら》わにするのか、冷酷にして残忍な人狼王という評判は本当だったのか。何もかもがわからないからこそ、エルネスタは知りたいと思った。この冷たい目をした男の心の内を。

それが役目に必要の無い願いであることは解っていたが、それを咎《とが》める考えは湧く前に睡魔の海に沈んで行った。緊張から解き放たれた頭が思考を拒否し、視界すらおぼろげになってくる。

今日はとにかく眠ろう。色々考えなければいけないことがあるけれど、流石に今くらいは許してほしい。

エルネスタはのろのろと寝台に潜り込むと、すぐさま夢の世界へと旅立つのだった。

白い光が差し込むのを感じ取り、エルネスタはぼんやりとした頭を引きずり起き上がった。安眠の余韻は砂の如くこぼれ落ちてゆき、現実ばかりが襲いかかってくる。

隣で眠っていたはずのイヴァンの姿は無く、もぬけの殻となった寝台に手を滑らせてみると、指

先の温度を奪うばかりだった。

　夫婦生活というものに人並みの憧れを抱いていたエルネスタは、思わず深い溜息を漏らした。

　これは自分の結婚ではないと解っていても堪《こた》えるものがある。政略結婚の夫婦とは、皆このように冷え切った関係を築くものなのだろうか。

　暗い思考に囚《とら》われていると、その掌が向かう先に赤茶色のシミを見つけてぎょっと手を引いた。

　そうだ、あれは酷い怪我《けが》だった。あまりにも硬質な態度に追及する事を諦めてしまったのだが、今になって心配になってくる。きちんと手当てをしなかったのだから、今頃炎症を起こしているかもしれない。

　エルネスタは自らの両頬を軽くひっぱたいた。

　変なところで発揮される度胸だけが、自らの長所であることはよく知っている。怪我の状態が気になるのなら、聞きに行けばいいのだ。

　気合を入れて寝台から降りた途端に、ドアがノックされる音が響いた。恐る恐るといった様子で顔をのぞかせたのは、やはりダシャだった。

「お、おはようございます、王妃様。よくお休みになれましたか？」

「おはよう、ダシャ。ぐっすり眠ってしまったわ」

　笑顔で返すと少女は幾分か和らいだ表情を見せてくれた。しかし室内へと入ってきたのも束の間、絨毯に足を取られて大きく前につんのめってしまう。

「も、申し訳ありませぇん！　大変お騒がせをしてしまい……！」

「落ち着いて。大丈夫だった？」

なだめたらすぐに落ち着きはしたものの、その後は燃え尽きた薪のように大人しくなった。

この萎縮振りは一体どこからくるのだろうか。王族だからと気を遣っているというより、異国の姫君だからこその態度に思えるのは、きっと気のせいではない筈《はず》だ。

「ねえ、ダシャ」

「は、はぃぃっ！」

ダシャはすっかり竦《すく》み上《あ》がって、叱責を待つかのように身を硬くしている。

余計な事を尋ねでもしたら失神でもしそうな勢いに、エルネスタは国王の居場所を聞くだけに留めることにした。


王妃としての仕事は明日から始まるとの事で、イヴァンに会いたいと言ったら意外にもあっさりと許可が下りた。

侍従によって案内されたのは国王の執務室で、エルネスタは俄《にわ》かに緊張を覚える。

どうしよう。昨日の今日でもう仕事をしていたとは、もしかしなくとも邪魔をしてしまったのでは。

執務室はあいにく無人で、部屋の主は一時的に席を外しているのだという。案内してくれた侍従は中で待つようにと言い置いて去ってしまい、エルネスタは見知らぬ部屋に一人取り残されることになった。

気を紛らわそうと周囲を見渡してみる。広さは程よいくらいで、やはり暖炉と絨毯がセットで設えられている。文机《ふづくえ》は王妃のそれと比べて数倍の大きさがあり、羊皮紙が雑然と積み上げられていた。

それにしてもしんとした部屋に一人きりというのは、こんなにも落ち着かないものだっただろうか。

やっぱり帰ろうかと考え始めたその時のこと。背後に気配を感じたので、エルネスタはゆるゆると振り返った。

そこには予想外の珍客がいた。奥に備え付けられた扉が半開きになっており、すり抜けるようにして銀色の狼が姿を現したのだ。

エルネスタはたっぷり数秒間固まった。

どうして狼がこんなところに？　ふわふわの毛並みが綺麗……って、まさか。

「……陛下？　もしかして、陛下なのですか？」

口に出してみると、その仮説は正しいとしか思えなかった。悠々と歩いてエルネスタの側までやってきた狼は、近くで見るほどに美しく、精悍な容貌をしている。

「やっぱり、イヴァン陛下なのですね？　なぜ狼のお姿に」

狼は一言も話そうとしない。彼らの体の仕組みについてはよく知らないが、もしや怪我で弱って変身してしまったとか。

「陛下、お身体《からだ》は大丈夫なのですか？　どうか答えて下さい。イヴァン陛下……！」

「何をなさっているのですか」

来訪者の存在に全く気付いていなかったので、危うく飛び上がるところだった。エルネスタは弾《はじ》かれたように背後を振り返り、そこに呆《あき》れ顔《がお》で佇む痩せた男の姿を捉えた。

「まさかそれが陛下だとでもお思いですか？　そんな訳がないでしょう。常識に沿って物事をお考えなさい」

男は小馬鹿にした様に水色の瞳を細めると、神経質な手付きで眼鏡を押し上げて見せた。

ヨハン・オルジフ・スレザーク。英雄の証《あかし》である黒のチョハを纏った彼は、イヴァンと同じ二十八歳という若年ながら宰相を務め上げ、国王の右腕として辣腕を振るう大物である。エンゲバーグによれば、此度の同盟締結でも彼の力が大きな推進力となったらしい。

エルネスタにとっては昨日の結婚式で挨拶を交わしただけの間柄だが、このネチネチとした物言いが印象的だったのでよく覚えている。

「スレザーク卿《きょう》。では、この子は」

「陛下の相棒で、名をミコラーシュと言います。正真正銘、人狼族ではない本物の雄狼ですよ。そもそも我々は理由もなく狼の姿になったりはしません」

普段のエルネスタなら良かったと叫んで座り込んでいただろう。それくらい本当にイヴァンだと思い込んでいたし、怪我の具合が心配だったのだ。

安堵の後に猛烈な羞恥心が襲いかかってきて、絨毯の上を転げ回りたい衝動に駆られた。恥ずかしすぎる勘違いを見られてしまうだなんて、できることなら消えて無くなりたい。

真っ赤になった王妃を、宰相は鼻で笑った。中々に容赦のない男である。

「よく御覧なさい。ミコラは銀色ですが、陛下の御髪《みぐし》は金色です。目の色もこの子は鳶色《とびいろ》でしょう」

「あ、ああ……そうでしたか。狼の姿でも、色はそのまま引き継がれるのね。ということは、スレザーク卿は黒色の狼になるの？」

「当然でしょう。貴女様は今更何を仰《おっしゃ》るのです」

今度は思い切り睨まれてしまった。この歯に衣《きぬ》着せぬ物言いは怖いと感じなくもなかったが、今まで出会った人狼族の中で最も正面から接してくれているような気もした。

「そんな事もご存知ないとは。仕方がありません、ここで軽く説明をしておきましょう」

「でも、お忙しいんでしょう？　今も何か用があってこちらにいらしたんじゃ」

「王妃殿下の無知を放っておく方が宰相としては怠慢です。いいですか、よくお聞き下さい」

ヨハンは心底面倒くさそうだったが、律儀にも講義を開いてくれる事になった。

彼の説明によれば、人狼族は三つの姿を持つのだと言う。

一つ目は人の姿。彼らは特別な理由がない限り普段はこの姿を取っている。

二つ目は狼の姿。狼そのものの特性を得ることができるので、場合に応じてこの姿になる事もある。

三つ目は人狼の姿。まさしく物語に出てくる人狼と同じで、二本足で歩き道具を扱う狼と言ってしまえば解りやすい。人の姿に比べて身体能力が劇的に跳ね上がるため、力仕事や戦闘の際はこの

姿になるとのこと。

　ヴァイスベルクを訪れる人狼族は常に人の姿をしているので、エルネスタはそれ以外の姿を見たことがない。するりと変身する様を想像して、その不思議な光景に頬を緩めた。

「変身自体はいついかなる時でも自由に行うことができます。ただし狼の姿だと服が邪魔になりますし、戻った後の着替えが面倒なので用がない限りは人の姿です」

「意外と合理的なのね」

「そんなものですよ。あと目ぼしい特徴といえば、狼とは意思疎通が図《はか》れます。人狼か、もしくは狼の姿の時だけですが」

　あまりにも興味深い話に、エルネスタは目を輝かせた。

「凄いわ。どうやって話すの？」

「感覚としか言いようがありませんが、鳴き声が脳内で変換されると言ったところでしょうか」

「まあ……！」

　なんて夢のようなんだろう。変身することも狼と話ができることも、エルネスタからすれば全く解らない感覚で、だからこそ憧れを覚える。

　ヨハンは生徒が良《い》い反応をするのでそこはかとなく機嫌が良さそうだ。しかし彼は、次の言葉だけは少し躊躇《ためら》いがちに吐き出した。

「ただし変身能力にも例外がありまして。その、満月の夜だけは、全ての者が必ず人狼の姿に変異します。朝になれば戻りますが」

エルネスタは両目を瞬かせた。満月の下を人狼達が闊歩《かっぽ》する光景は、まるで夢のように幻想的だろう。

「素敵。人狼族はきっと、月に愛されているのね」

「素敵……？」

思った事をそのまま述べただけのつもりだったのだが、ヨハンが虚を衝《つ》かれたように鸚鵡《おうむ》返《がえ》しをするのでこちらがびっくりしてしまった。

また何か失言をしたかと身構えたその時。ノック無しで扉が開き始め、その先にはこの部屋の主が立っていた。

イヴァンは相変わらずの無表情で、エルネスタと視線を合わせるや否や眉をひそめて見せた。

やはり相棒の元が一番落ち着くのか、ミコラーシュはすぐにイヴァンの元に寄り添っている。殆ど触ることができなかったので、エルネスタは至極残念に思った。

「何か用か、王妃」

怒られるかと身構えたのだが、案外普通に用件を尋ねられて拍子抜けしてしまった。

しかし用事は彼が秘密を守るために負った怪我についてだ。ヨハンの居るこの場で話題にするわけにはいかない。

「い、いえ……ただ、ご様子を伺いに。お仕事の邪魔をしてしまって申し訳ありません。失礼致します」

手袋をしていてよく判らなかったが、怪我をした左手で何やら書籍を抱えているのを見るに、別段問題は無いのだろう。エルネスタは尋ねるのを諦めて退室することにした。

「待て」

しかし扉をくぐる寸前でイヴァンに呼び止められ、再度室内へと振り返る。

「はい、陛下。何でしょうか」

「無理をしなくてもいい。好きに暮らせ」

それは労りとも、拒絶とも取れる言葉だった。

本当にこのひとのことが解らない。出会ってからの態度を見るに後者の可能性が高いのだろうが、だからこそエルネスタは知りたいと思ってしまうのだ。冷たい反応ばかりを返してくるその理由を。

「お気遣いありがとうございます。ですが、不束者なりに努めさせていただきたく思っております」

好きにするのは簡単だ。けれど、それでは夫婦の関係が破綻してしまう。

それなりに仲良くなること。拒絶されている現状では難しいにも程がある使命だが、できうる限りのことはしてみよう。

「明日から仕事をします。沢山のことを知りたいと思っています。ご迷惑をおかけするかと思いますが、至らない点があれば仰ってください。よろしくお願いしますね」

ヨハンにも伝えたかった事なので、二人の目を見ながら堂々と告げた。口答えをするという暴挙に心臓が嫌な音を立てていたが、何とか動揺を隠し切ったエルネスタは、最後には微笑んで見せたのだった。

＊

王妃が退室して行ってしばらく、イヴァンは茫洋《ぼうよう》とした視線を空中に漂わせたままでいた。

今見聞きしたもの全てが意外過ぎて、受け止めるのに時間を要したのだ。ヨハンも同じ気持ちだった事だろうが、立ち直るのは早かったようで、彼は主君へと向き直ると開口一番こう言った。

「陛下。王妃様との会話を聞いていましたね？」

図星を指されたイヴァンは、それでも目を細めるだけに留めて肯定を示す。

悪いことをしたとは思うが、扉を開けようとしたら会話が聞こえて来たため動くに動けなくなってしまったのだ。

「人間は人狼族を恐れ、遠ざけようとするものだ。あれは一見、そうは見えないが」

エルメンガルトは成る程、よくよく言い含められているのだろう。良い関係を築け、さもなくば同盟が破綻し戦争になるかもしれない、と。

大したものだ。尊敬に値する勇気と責任感だ。しかし言動の端々に垣間見える恐怖心と不安は、隠し切れるものでは無かったらしい。

「演技まですることは無いのだがな。元より姫君一人の態度にかこつけて、同盟を破棄するつもりなど毛頭無い」

自らも足を運び、ヨハンを筆頭とした臣下の努力の末、八年越しで実現した同盟だ。その苦労を無下にすることなどできるはずもない。

国を良い方向へと導くこと。イヴァンにとってはそれだけで十分なのだから。

＊

エルネスタはとぼとぼと自室への帰路を辿っていた。こちらに到着して三日目になるのだが、未だに誰とも打ち解けられていないとは。

廊下の先では二人の侍女が会話を楽しんでいる。彼らは人狼族同士ではとても気安いやりとりをするのに、エルネスタが姿を現すと途端に身を硬くしてしまう。

案の定、侍女たちは王妃の存在に気付くや顔を強張らせ、そそくさと立ち去っていった。

どうしてなのだろう。他国の姫君への腫れ物扱いといえど、流石に限度があるような気がする。

少しの間、足を止めていた事に気付き、エルネスタはまた歩き出した。いつのまにか自室へと到着してしまい、暗い気持ちのまま扉を押し開く。

中ではダシャが背を向けて作業をしていた。文机以外に机が存在しないこの国の習慣に従って、絨毯の上にある盆には揚げ菓子と茶が並べられている。

「ダシャ、お茶を淹《い》れてくれたの？」

「ひゃっ！　お、王妃様！」

ダシャは跳ねるように肩を震わせた。すると手に持った金属製の茶器が滑って派手な音を立てる。

中身を溢《こぼ》すまでは至らなかった事を反射的に確認して、胸を撫《な》で下《お》ろしたエルネスタだが、少女は自らの失態に顔を紙のように白くしてしまった。

「も、もうしわけありませぇん！　大変な失礼を致しまして、なんとお詫びすればよろしいのか！」

気の毒なほどに竦《すく》み上がったダシャを前に、エルネスタは困惑を隠せなかった。王族の前で失態を犯す事は、こんなにも萎縮するようなことなのだろうか。

考えても答えは出ない。けれど目の前で少女が真っ青になっているのに、取り澄ました王妃のままでいて良いはずがない。

「どうか気にしないで。誰だって手を滑らせることくらいあるわ」

「王妃様……」

安心させるようになるべく優しく話すと、ダシャは信じられないとばかりに顔を上げた。その反応にも驚きを覚えたエルネスタは、疑問を素直に口にすることにした。

「どうしてそんなに怯《おび》えているの？　私はあなたと仲良くしたいと思っているから、できればもっと楽に接して欲しいのだけど」

「えっ⁉」

ダシャはどうやら正直な性格の持ち主のようで、わかりやすいほどの驚きを表情で伝えてくる。

そんなにおかしな事を言ったつもりはないのに。

「王妃様は、私達のことが恐ろしくはないのですか？」

「恐ろしい？」

逆に質問で返され、その意図を読めずに首をかしげる。要領を得ない主に観念したらしいダシャは、おずおずと言葉を続けた。

「人は、人狼族を恐れ、忌避するものです。私は……怖がられる事が、悲しいです」

エルネスタはようやく納得した。

どうやら考えていたよりも、人狼族と人間との間には大きな隔たりがあるらしい。

ブラルでは人狼族に対する畏怖の感情は根強く、エルネスタのような国境暮らしでもなければ会ったことすらない者が殆どだという。同盟を結んだからといって、はいそうですかと打ち解けられるわけではないのだと。

現実を理解していても、一方的に怯えた眼差《まなざ》しを向けられることは悲しい。そんな当たり前の感情を、ダシャは至極素直に話してくれたのだ。

「怖がられることに対して緊張して怯えているだなんて、ダシャは優しい子ね」

彼らには力がある。

人間の姿の時は抜きん出た身体能力を。

狼の姿の時は獣のしなやかさを。

人狼の姿の時は強さを。

その事実をもってすれば、人間を見下し、迫害してもおかしくはないはずなのに、この少女はそうはしなかった。

「あなたみたいな子がいてくれて嬉しい。知らない国に行くことは、やっぱり少しは怖かったから」

ここまでエルネスタには、両国の関係性が良くないことにあまり自覚がなかった。自身に偏見が無いが為に、いくらエンゲバーグに注意を促されても、なかなか理解ができなかったのだ。

きっとダシャのような者ばかりではなく、この短い期間でも様々な考え方に出会うことだろう。それでもせめてできるかぎりのことはしよう。二つの国がうまくやっていけるように。

「私も頑張るわ。だからよろしくね、ダシャ」

「は、はい、王妃様。こちらこそ、よろしくお願いします！」

ダシャはパッと顔を輝かせて、勢いよく頭を下げた。それまでとは打って変わって、緊張の取れた笑みにこちらまで嬉しくなる。

「ねえダシャ、一緒にお茶にしましょう」

「私でよろしければ、喜んで！」

ダシャは嬉しそうに頷いてお茶の準備を再開した。

その表裏のない表情に救いを感じながら、エルネスタはしばしの休息を得たのだった。


その日の夜。エルネスタは羽根ペンを走らせる手を止めると、自室であるのをいいことに思い切り伸びをした。椅子ではなく床に座って書き物をすることは、慣れないと案外疲れるものだ。

書き留めた内容を確認して一人頷く。エルネスタはいつか交代するエルメンガルトの為に、日記を付けることにしたのだ。

こういうものがあるのとないのとでは随分と過ごし易《やす》さが違ってくるはずだ。せめて身代わり期

間中に何があったのか知ることができれば、会話をするのも楽になるだろうから。

エルネスタは日記を閉じ、誰にも見られないよう文机の側に設えられたチェストに収めた。そうしてやる事を失ってしまえば、気になるのはイゾルテの事だった。どれほど案じても何の足しにもならない事は分かっているが、それでも祈らずにはいられない。

どうか神さま、助けてください。私はこの嘘という罪に対するいかなる罰も受け入れます。ですから、どうか母だけはこの困難からお導きください。彼女は何の罪もない善良な人なのです。

エルメンガルトは結婚式と同時にシェンカの国教に改宗したことになっている。あくまでも身代わりであるエルネスタが自身の信仰をどうするのかは自由だが、騙す相手に祈りを捧げるのはあまりにも無神経な気がして、元々信じていた神を心の内に呼び起こす。

そうして一心に祈り続けていたのだが、静かな時間は唐突に終わりを告げた。銀色の体軀《たいく》をしならせて続きの間から現れたのは、昼間に初対面を遂げたばかりの国王の相棒だった。

「あなた、ミコラーシュね！　遊びにきてくれたの？」

ミコラーシュは微かに鼻をひくつかせながら、優雅な動作で歩いてエルネスタへと身を寄せた。興味がありますと言わんばかりの態度に、飛び上がりたい程の喜びを感じてしまう。

昼間は結局ほとんど触れ合えずに残念だったのだ。こんなふわふわの毛並み、撫でたいに決まっているのに。

「ミコラ、あなたはとってもいい子ね。よしよし」

恐る恐る頭を撫でてみるがミコラーシュに嫌がる様子はなく、更には顎をエルネスタの膝へと載せてくるではないか。

だめだこれは。可愛すぎる。

しかも想像以上に素晴らしい毛並みだ。ふわふわのもふもふ、気持ちが良いことこの上ない。

「ああもう、可愛い〜！　よーしよし、いいこいいこ」

エルネスタは観念して美しい毛並みに顔を埋《うず》めた。この衝動に抗《あらが》える者が果たしているだろうか。いやいない。

手を回して抱きついて、そのまましばしの時間を過ごす。ミコラーシュの毛並みからは森の香りがして、エルネスタを癒《いや》しの極致へと連れていってくれた。

もういっそこのまま寝てしまいたい。無理な願いを抱いたところで、幸せな時間は終わりを告げた。

「何をしているんだ、君は」

慌てて顔を上げた先には、続きの間の扉に佇むイヴァンの姿があった。その表情が明らかに訝《いぶか》しげなものであることに気付いたエルネスタは、失態を恥じて頬を赤く染め上げた。

「も、申し訳ありません！　ミコラーシュがあまりにも可愛いので、ついっ……！」

「可愛い、だと？」

イヴァンは全くピンときていないといった様子で、その反応にエルネスタは首を傾《かし》げた。

「可愛いですよね、ミコラーシュ。そう思われませんか？」

「……よく解らない。狼なんて見慣れているしな」

そうか、そうだった。このひと達は自分で狼になれるのだから、いちいち可愛いなどという感想は抱かないのだ。

「そうなのですね。私からすれば、ふわふわの毛並みが素敵だと思いますけど……」

この感覚が共有できないのは残念だ。ここに動物好きのイゾルテやコンラートがいたら、喜ぶに決まっているのに。

「怖くはないのか。狼は普通、人に懐くことは無い。ミコラは聡《さと》く優秀だが、動物であることに変わりはないのだから、いつ気が変わるとも知れないだろう」

その質問はやけに硬質に響いた。こんなに長く語りかけてくれるのは初めてのことなのに、エルネスタは少しも嬉しいと思えなかった。

相棒をそんな風に言い表す事はきっとこのひと自身の心を傷付けている。

狼と人間が解り合うことは無い。そう告げたイヴァンは無表情だというのに、どこか苦しそうに見えたから。

「そうですね。たしかにそういった、当然の警戒心が無いといえば嘘になりますけど」

だから本当のことを話す。姫君らしいことは言えないけれど、自分の素直な言葉で。

「強い感情ってあるでしょう？　好きとか嫌いとか、欲しいとか。私の場合、ミコラが可愛い、触りたいっていう思いが、警戒心なんて吹き飛ばしてくれたんです」

そう、かつてイゾルテが一人の赤子を助けた様に、誰しも譲れない一線というものがある。

あの時もそうだった。怪我をして大木の下に座り込んでいた狼を助けた時も、警戒心なんて気にもならなかった。

今頃あの狼は元気にしているだろうか。

「ありがたくも好きなようにさせて頂きました。陛下のお陰です」

最後には昼間投げかけられた言葉を引用して、エルネスタはにっこりと微笑んで見せた。

イヴァンは少し目を見開いたまま、何の言葉も返してくれない。流石に生意気が過ぎたかと冷や汗をかきはじめた頃、彼は無表情のままで小さな囁《ささや》きを溢したのだった。

「変わっているな、君は」

褒められてはいないし、むしろけなされているのに近い言葉だ。

しかしエルネスタは今まで彼がくれた反応の中で一番嬉しく思った。だから素直な心のままに笑う。

「そうでもないですよ、普通です。……あ！　陛下、少しよろしいですか」

あることを思い出したエルネスタは、イヴァンの元まで歩み寄ると、問答無用で彼の左手を摑《つか》んで手繰り寄せた。

気になっていたのは傷の具合だ。幸いきちんと手当てがなされていて、腫れが起きている様子もない。

「良かった、手当てを受けて下さったんですね。痛みはありませんか？」

尋ねつつ顔を上げた先、今までで一番近い位置に精悍な美貌があった。

あまりのことに言葉を失う。次いで自分から男の手を握ったというとんでもない状況に思い至り、エルネスタは一気に赤面した。

馬鹿なの、私。つい弟に接するみたいに、無遠慮な態度を取ってしまうなんて。

このひとは気軽に触れて良い相手ではない。夫であって夫では無いひとであり、本来ならば雲の上の存在なのだ。

「ああ。問題ない」

動揺しきりのエルネスタに対して、国王陛下は冷静だった。

一瞬何を言われたのか解らなかった。質問の答えが返ってきたのだと理解する頃には手と手が離れ、イヴァンは既に踵《きびす》を返していた。

「先に寝る。君も休め」

短く告げられてすぐに扉が閉ざされる。エルネスタがその場にへなへなと座り込むと、ミコラーシュが心配そうに擦り寄ってきた。

「大丈夫よミコラ。ちょっと、びっくりしただけ……」

咎められることはなかったが、一体どう思われただろうか。無遠慮で不愉快だったことだろう。

最低だ。何の自覚もない愚かな振る舞いと言える。

エルネスタはミコラーシュの滑らかな顎の下を撫でてやりながら、二度とこんな失敗はするまいと心に誓うのだった。

＊

扉が閉ざされても、イヴァンはその場を動けずにいた。

「変わっているな。本当に」

ポツリと落とした言葉は、静まり返った寝室に溶けて消えた。

吾輩《わがはい》は狼《おおかみ》である　その1

紳士淑女の皆様こんにちは、俺は名をミコラーシュという。年齢は十一歳、脂が乗った雄狼《おす》だ。

さて、俺は今日から始まったばかりの王妃教育を見物している。ルージェナは容赦なく駄目出しをするから、王妃様はすっかり身を小さくしているようだ。

「違います、王妃様。貴女様《あなたさま》はこの国で二番目に高貴なお方なのですから、いちいち私などを相手に頭を下げてはなりません」

「ごめ……は、はい、ルージェナ。これからは気をつけます」

「よろしい。では、謁見について引き続き説明します」

うーん、なんか可哀想《かわいそう》だなあ。俺も人間には良《い》いイメージ無いけど、流石《さすが》にちょっと同情しちまう。俺とイヴァンを間違えるなんていうお茶目なところもある人だし、本当は笑顔が似合うのにな あ……。

俺はその後も王妃教育を眺め、終わるまでそこに座り続けていた。ルージェナが背筋を伸ばしたまま退室して行ったところで、王妃様はようやく息を吐く。

「私ってこんなに物覚えが悪かったのね。落ち込むわ……」

いいや、あんたは十分頑張ってるよ。何せあの鬼の指導に食らいついているんだからな。

「ミコラ、付いていてくれてありがとね。うう、ちょっと撫《な》でさせて」

王妃様は俺の側《そば》にしゃがみこむと、眉を下げて俺の頭を撫でる。

どうぞどうぞ。俺の素晴らしい毛並みに癒《いや》しを見出《みいだ》すとは、あんたなかなか見る目があると思うぜ。

「さて、少し散歩でもしようかな。ミコラも一緒にどう？」

ひとしきり撫でたところで立ち上がった王妃様に従って、俺もまた同じようにした。すると彼女は全てを照らすような笑みを浮かべるではないか。

「本当についてきてくれるの？　優しいのね」

ふむ。やっぱり可愛《かわい》い子だよな、この子。

色気はないけど目鼻立ちは整ってるし、この年頃の女にありがちな浮ついたところが無いのがいい。それに素直な言動と、何の表裏もない笑顔が魅力的なんだよな。まあ、狼じゃない時点で俺の守備範囲ではないけど。

それにしてもせっかくかわいい嫁が来たのに、イヴァンはほったらかしにしてるんだ。俺が口出ししても仕方ないんだけどさ、相棒のすることとは言えちょっと気になるよな。

部屋を出て歩き始めた王妃様についていく。すると中庭に差し掛かったところで王妃様が唐突に足を止めたせいで、俺は前につんのめりそうになった。

抗議の意味を込めて見上げると、王妃様は深緑の瞳を曇らせて柱の陰に隠れてしまった。何事かと思ったら、中庭の片隅で侍女二人がおしゃべりを繰り広げていて、その会話がこちらにも聞こえてくる。

「それで、やっぱり陛下は王妃様にぜーんぜん構ってないんだって」

「そりゃそうでしょ。人間なんて、今更受け入れられるはずないじゃない」

「いい気味。思い知ればいいのよ」

うわ、嫌なもん聞いちまった。女ってこえーよなあ。ありゃ王妃担当の侍女じゃなかった気がするけど……王妃様、大丈夫か？

「私は九年前の戦を忘れてないわ。人間なんてどれも同じ、私達《たち》を能無しの蛮族としか思ってないのよ」

「そうよ。王妃様だって、陛下をお支えしようだなんて思ってもいないんじゃない？　きっとおぞましい人狼《じんろう》になんて関わりたくないんだわ」

心配して見上げると、王妃様は悲しそうに目を細めて柱にもたれていた。その手が固く握られているところを見るに、きっと出て行きたいのを我慢してるんだろう。

そうだな。あんたはそんなこと考えてないんだよな。

だから頑張っているんだ。勉強も、周囲と会話をすることも。

「これは愛妾《あいしょう》になるのも夢じゃ無いかも？」

「それは無理でしょ。あなた、ぐいぐい行く勇気なんてあるの？　陛下からお声が掛かる事は望めないわよ」

「それはそうだけど～！　夢くらい見たっていいじゃない！」

やっぱりこいつらにはその程度の根性しかねえわな。

イヴァンはあの見た目で王様だから当然モテるんだが、女にはさっぱり興味がない。数ある美女の誘惑を切り捨てて、今まで独身を貫いてきたくらいだからな。

結果的に、今では大手を振って落としに掛かる女は殆《ほとん》どいなくなっちまった。それなのにお嬢さん方の憧れだけは募る一方という、めんどくさい状況になってるらしい。

侍女たちは甲高い笑い声を上げながら去って行き、後には俺たちだけが残された。王妃様はややあって苦笑を漏らすと、しゃがみこんで俺の背を撫で始めた。

「……難しいなあ。やっぱり、嫌われて当然よね」

王妃様はすっかり落ち込んでいる。あれだけのことを言われたら、そりゃそうなるよな。

ルージェナにはきつく当たられ、侍女には小馬鹿にされて、頼るべき夫も自分の事を顧みない。右も左も分からない異国の地で、どれほど心細いことだろう。

「でも、くよくよしてる場合じゃないわよね。何の力も無いなら、せめてできることをやらなきゃ」

それなのに、王妃様は最後には頼もしい笑みを浮かべて見せたのだ。

何不自由なく育った姫君のくせに、どうしてこんなに打たれ強いんだ？

「よし、そろそろ帰るわね。付き合ってくれてありがとう」

王妃様は最後に俺の頭を撫で、颯爽《さっそう》と歩き去って行った。

これはもしかしたら、ものすごい奴《やつ》が来たのかもしれない。俺は得体の知れない予感を抱えて、しばらくその場に立ち尽くしていたのだった。

第二章　シェンカ建国祭

「舞踊……!?」

声が上ずってしまった事には気付いていたが、今は気にしようとも思えなかった。

目の前には無表情のルージェナがいる。エルネスタはもう一度、慎重に言葉を紡いだ。

「舞踊って、どんなものなの？　私にできるかしら」

最初の大きな行事として、二週間後に建国祭があるのだという。

古代より昔、当時の族長が月の女神からお告げを得て、この地への定住を決めた記念すべき日。

殆《ほとん》ど伝承じみた話ではあるが、人狼族《じんろうぞく》はこの日をとても大切にしていて、国を挙げての祭りが開かれる。各地で月の女神へと舞が奉納され、王城では夕方から祝宴が催されるらしい。

エルネスタにとっては身代わり期間中唯一の行事だ。大一番を前にして緊張が高まるものの、逆に言えばこれを乗り越えてしまえばもう山は無い。

しかしその内容は尻込みせざるを得ないものだった。なんと、祝宴にて王妃が舞踊を披露するのが習わしになっているというのだ。

「剣舞ですわ。月の女神に捧《ささ》げる舞として受け継がれてきたもので、王妃殿下にしか舞うことが許されていない特別なものです」

エルネスタは背中に重りを載せられたような気分になった。そんな大事な舞を担うだなんて、どれ程の責任が伴う事だろう。

「ですが、無理をすることはないと国王陛下が仰せです」

「……え？」

エルネスタは自分の耳を疑った。今、解放の一言がもたらされたような。

「この度はいくら何でも準備期間が短いと。本来ならば一月《ひとつき》ほど前から練習するものですから」

「そう、なの……？」

「ええ。ですから、今年は無しにしてもよろしいかと。皆《みな》も理解するでしょう」

なるほど確かにそうなのだろう。きっと臣下の間でも無いものとして扱われているに違いない。

しかし、本当にそれで良《い》いのだろうか。

かの国王陛下は「無理はしなくていい」と言った。けれどその言葉が労《いた》わりでなく拒絶から来ている事は、数少ない会話から理解しているつもりだ。

一体どうしてそこまで頑《かたく》ななのかは知らないが、一つだけ確かな事がある。ここでその言葉に甘えてしまっては、何も変わらないのだと。

「いいえルージェナ。私はやります。やらせてもらいたいの」

ルージェナの表情が崩れたのは初めての事だった。それ程に驚く様なことを言ったつもりはなく、より険しい道へと足を踏み出してしまったという実感だけがあった。

先ほどまで尻込みしているほどだったのに、馬鹿なことを言っているとは思う。けれどエルネスタはいい加減な心構えで王妃の役目を務めたくはなかった。そう強く願ってしまったのだ。

「剣舞はそう簡単なものではありません。人狼族でも一月の練習を要するのです。たった二週間では、流石《さすが》に」

ルージェナならば賛成してくれると思ったのだが、どうしてか止められてしまった。より燃え上がった胸を抑え、エルネスタはぐいと詰め寄る。

「できる事はなんでもやりたいの。お願いルージェナ、協力してください！」

頭を下げそうな勢いの王妃に、侍女長は気圧される様にして頷《うなず》いたのだった。

昼食を食べ終わった頃、エンゲバーグが訪ねてきてくれた。あまり頻繁に接触すると怪しまれるかもしれないとのことで、彼は用件がある場合とたまの様子伺い以外では、この部屋を訪れないようにしている。

今日までの出来事を教えてくださいと切り出してきたエンゲバーグに、エルネスタはまず初夜の件について報告する事にした。

「つまり、今のところは何も無いと。そういうことでよろしいのですね」

「そうよ。心配してくれてありがとう」

笑顔で頷いて見せると有能な大使はあからさまな溜息《ためいき》をついた。どうやらエルネスタの身持ちについて、真剣に心配してくれていたらしい。

「安心いたしました。随分と上手《うま》く立ち回って頂いているようですね」

「そんなことないわ。なるようになっただけよ」

そう、なるようになっただけ。エルネスタは何もしていないし、むしろ失態を犯しているくらいだ。

「何をおっしゃいます。エルネスタ様は大変良くやっておいでです。その調子でお願いしますぞ」

「あはは……わかったわ。頑張るわね」

今までの二人の会話はほとんど囁《ささや》き声《ごえ》である。中に人はいないにせよ、どこから聞こえてしまうかわからないので用心するに越したことはない。

「ところで、二週間後には建国祭ですな」

そこでエンゲバーグは声の調子を普段通りに戻した。聞かれてはまずい会話は終わったのだと理解したエルネスタは、彼に合わせて普段通りに話し始める。

「ええ、そうね。それで実は、報告があるのだけど」

剣舞を披露することになった経緯を説明したら、彼は大袈裟《おおげさ》なほどの驚きを見せた。

「それで、わざわざ剣舞を……!? これはまた、なんという」

エンゲバーグは驚きを隠せない様子だ。彼に苦労をかけている事を改めて実感して、エルネスタは頭を下げた。

「ごめんなさい、つい申し出てしまって。やりすぎだったかしら」

やはり良くない事をしてしまったらしい。エルネスタは反省して肩を落としたが、エンゲバーグは首を横に振った。

「エルメンガルト様が落ち込まれるような事はございません。ただ」

そこでエンゲバーグは言葉を切った。歯切れの悪い様子にじっとその先を待っていると、やがて彼はいつものように笑って見せた。

「いいえ。貴女様《あなたさま》がそうなさりたいのなら、それが一番です」

そこでエンゲバーグは声を潜めた。きちんと聞き取れるように、エルネスタもまた耳を寄せる。

「付かず離れずの距離とは身代わりが露見しないための術《すべ》ですから、むしろその危険がないのなら信頼関係を築いた方が良いのです。エルネスタ様は良くやっておいでですから、疑念を持たれる可能性は低いでしょう」

「そうかしら。全然自信がないのだけど」

「大丈夫です。貴女様はどこからどう見ても本物の姫君です。私が保証致しますゆえ」

エンゲバーグは信頼の置ける笑みを浮かべている。

そうなのだろうか。お姫様になりきれている気なんて、これっぽっちもしないのに。

「エルメンガルト様よりよっぽど協調性をお持ちですから、その調子で信頼を得てしまってください」

エンゲバーグはいつもの如《ごと》く遠い笑みを浮かべると、くれぐれも無理だけはしない様にと言い置くのだった。


王城の廊下を歩いていると遠巻きな視線が気にかかる。

エルネスタを見るそれらは、決して悪意から来るものばかりではない。しかし戸惑いや恐れといった感情が漂うのを肌で感じると、落ち込まずにはいられない。

人狼族の貴族たちは人間に対してどんな思いを抱えているのだろうか。そんなことは解《わか》るはずも無いが、想像することはできる。

暗澹《あんたん》たる気持ちを抱えて進むうちに目的の場所に辿《たど》り着《つ》いていた。ガランとした室内で待っていたのは、見覚えのある老戦士だ。

「こんばんは、王妃様。先日の披露宴以来ですな」

「こんばんは。どうぞよろしくお願いします、クデラ将軍」

シルヴェストル・クデラ将軍は、王国軍指揮官の一人である。まだらに白が交じったグレーの髪と口ひげを蓄えた彼は、数々の武勲を上げたことで有名な英雄で、黒いチョハが似合う素敵な紳士だ。

初めはそんな傑物の時間を割いてもらうなんてと恐縮したのだが、彼は代々舞踊の伝承を担ってきたクデラ家の当主なのだという。そして侍女長ルージェナは彼の妻であり、王妃のために掛け合ってくれたのだそうだ。

そこまで取り計らってもらっては遠慮する訳にもいかず、指導をお願いする運びとなったのである。

「しかし嬉《うれ》しいですな。王妃様御自ら、剣舞を行いたいとお申し出下さるとは」

シルヴェストルは楽しげに顎を撫《な》でている。ほぼ初対面でここまで明るく接して貰《もら》えたのはこの国に来てから初めてのことで、エルネスタもまた嬉しく思った。

「厳しくして頂いて構いません。二週間で踊れる様になるなら、どんなに過酷な練習でも付いていきます！」

「ほほう。なかなかの気迫でいらっしゃる」

王妃の前のめりとも言える勢いにも、百戦錬磨の将軍はたじろぐ事はなかった。

「畏《かしこ》まりました。このシルヴェストルの身命を賭して、貴女様のお望みを叶《かな》えて差し上げましょう」

現役の老戦士は灰色の瞳を細めて笑う。その姿に底知れない凄《すご》みを感じたエルネスタは、これから始まる特訓の過酷さを悟って喉を鳴らしたのだった。

特訓と勉強の日々が幕を開けた。

ルージェナは特訓で疲弊している分を加味してくれることはなかった。エルネスタは毎日の王妃教育に付いて行くだけで精一杯だったが、甘えは許されないと解っていた。何せやると決めたのは自分なのだから。

「王妃様、それでは先ほどの復習です。最近になって金の採掘が始まった鉱山をなんと言いますか」

文机《ふづくえ》の前で神妙な顔をするエルネスタの横顔に、ルージェナの厳しい視線が突き刺さる。今日の講義を必死で反芻《はんすう》して得た答えに自信は持てないが、エルネスタは観念して言葉にすることにした。

「ええと確か……コシュカ山、だったかしら」

「不正解です。正しくはコチュカ山、ですわ」

惜しい、とエルネスタは胸中で指を鳴らしたが、ルージェナはそうは思わなかったらしい。

「お教えした事は一度で覚えて頂かねば困ります。剣舞の稽古があるからと言って、手を抜いている場合ではないのですよ」

「はい。夜に復習をしておきます」

「それならば良いのです。では、また明日続きを」

建国祭までの間、舞踊の練習は主に夕方からにして、昼間は勉強に時間を割く事になっている。本来王妃の仕事は謁見や訪問など多岐に亘《わた》るのだが、どんな仕事にも研修期間は存在するらしい。ちょうど一月程度で終わるだろうとルージェナは言うが、エルネスタは不安だった。何せエルメンガルトは勉強なしで初仕事に取り掛かる事になってしまうのだ。

エルネスタは習った事はなるべく日記にまとめることにした。昼間は勉強、夕方には舞踊、夜は復習を兼ねた日記を付けるという忙しい日々。

全てを終えた瞬間に眠ってしまうため、同じ寝台で休んでいるはずのイヴァンとは顔を合わせる機会すら無い。そうして必死になって足掻《あが》いているうちに、いつの間にか一週間が経過していたのだった。

「王妃様、そこはもう少し腕を高く伸ばして下さい……はい、結構です。これは戦いの舞踊ではなく神に捧げるものですから、常に柔らかさを心がけて下さい。うむ、良いですぞ」

シルヴェストルの特訓もまた、案の定過酷なものだった。

この将軍は怒鳴ったり怒ったりという事はしないものの、笑顔でとんでもない練習量を課してくるのだ。エルネスタ自身、体を動かすことは好きなのだが、それでも毎回ふらふらになってしまう。

荒い息遣いのまま床にへたり込んだ王妃の元へ、シルヴェストルが水と布を手に近寄ってくる。礼を言ってそれらを受け取ると、彼は穏やかに微笑《ほほえ》んで、エルネスタの隣に胡座《あぐら》をかいて座り込んだ。品のいい老紳士なのにそんな姿勢も似合ってしまうとは、何とも深みのある御仁である。

「頑張っておられますな、王妃様。失礼を承知で申し上げますが、ここまで付いて来て頂けるとは思いませんでした」

「本当、ですか？　クデラ将軍に、そう言ってもらえると、凄く嬉しいわ」

返事は息切れによって聞き取りにくいものとなってしまったが、国の英雄からのこれ以上ない賛辞には素直な喜びを覚えた。

疲労に震える手で額の汗をぬぐい、銀の器に入った水を飲む。その水には果汁が絞られていて、ほのかな甘みがこれ以上ないほどありがたい。

「しかし、どうしてそこまでなさいます。此度《こたび》の舞踊は強制ではなかったでしょうに」

この一週間でシルヴェストルとは色々な雑談をした。しかしこの時の質問は、今までで一番踏み込んだものだった。

「そうね……それは多分、悔しいから」

シルヴェストルは沈黙をもって先を促す。銀の器の小さな水面を見詰めながら、エルネスタは話を続けた。

「私はね、他国に嫁ぐということを甘く考えていたのだと思う。思っていたよりもずっとずっと、人と人狼族の間には高い壁があって……皆は親切にしてくれるけど、諦めを覆い隠している様な気がするの。あんな人間のお姫様に舞踊は無理だからやらせる必要はない。仲良くなれなくても、仲が悪くならなければいいって。きっと多くの方がそう考えているわ」

普段話すことのない貴族たちの戸惑うような視線。壁のある侍女達。怖がられることは悲しいと言ったダシャ。

そして、心の内を決して見せようとしないイヴァン。

エルネスタはその全てが悔しかった。人も人狼族も心の有り様《あよう》は変わらないのに、交わらない両者の関係が歯がゆかった。

「それなのに私まで同じ考え方を持ってしまったら、どうにもならないでしょう？」

付かず離れずの距離を保つなら、舞踊など引き受けなくとも問題は無かったのかも知れない。

しかし、それでは両者の関係は冷え切ったまま、延々と平行線を辿るだろう。せっかく同盟を結んだというのに、そんなの悲しすぎるではないか。

「だから何もしないままではいたくなかったの。でしゃばりなのは解っていたのだけど」

最後の言葉は自身への戒めとして発したものだった。

そう、エルネスタは所詮身代わり。あまり好き勝手な行動を取ってはならないと、それだけは忘れずに過ごさなければ。

「王妃様のような歳若《としわか》いお方が、そうまで深く両国の関係を憂いておいでとは。私は、恥ずかしい思いです」

「そっ、そんな……！」

事情を知らないシルヴェストルが目を伏せるので、エルネスタは慌ててかぶりを振った。

自身の行動が両国の関係に良い影響を与えるだなんて驕《おご》るつもりはない。もしそうなったならそれはエルメンガルトの影響力のお陰であり、エルネスタの功績では無いのだ。

「王妃様の行動は誰にでも真似《まね》できる事ではありません。貴女様に敬意を。きっとこの得難い努力は実を結ばれましょう」

「そう、かしら」

「ええ。勿論《もちろん》にございます」

この国の者に背中を押してもらうのは初めてのことだった。

その温かさに自然と笑みがこぼれる。エルネスタは残りの水をぐいと飲み干して、疲れを感じさせない足取りで立ち上がった。

「さあ、練習を再開しましょう！　絶対に習得してみせるわ！」

「おお、その意気ですぞ王妃様！　私もいくらでもお供致しますとも！」

シルヴェストルもまた軽快な動きで立ち上がる。

即席の師匠と生徒は存外良い関係を築いており、今日もまた熱心な稽古が続くのだった。


「王妃様、お疲れ様でございました！」

自室に戻るなり赤銅色の髪を跳ねさせて振り返ったダシャに、エルネスタはほっと息を吐いた。

「ダシャ、遅くまでありがとう」

「とんでもないことでございます！　王妃様にお仕えをさせて頂き、私は幸せです！」

酷《ひど》い有様《ありさま》のエルネスタとは対照的に、ダシャは今日も元気に絶好調だ。以前胸の内を打ち明けられて以来、この侍女は王妃を慕ってくれているらしい。

同時に仕事での過誤も皆無になったのだから、他国から来た王妃に仕える事がどれほどの重圧になっていたのか知れようというものだ。

「ダシャはここで働いて長いの？」

「学校を卒業したのが十二歳ですので、そろそろ三年になります」

このシェンカでは全ての民に向かって学校が開かれている。学問に秀でるごく一部の者を除き、成人とされる十四歳までには卒業して働き始めるのが一般的とのことだ。

ブラル帝国では庶民の女は学校になど通えない。シェンカの学校はイヴァン王の治世になってから導入されたものであり、世界的に見ても画期的な制度なのだという。

「そうなのね。学校は楽しかった？」

「はい、それはもう！　友人とは未《いま》だに交流がありますし、何より私のような粗忽者《そこつもの》が今こうして働いているのも、教育があったお陰ですから」

侍女は貴族の子女しか務めることができないため、ダシャも当然高貴な身分の御令嬢である。

それでも彼女らは真摯に働いている。それは総人口の少ないこの国では必要なことなのだろうが、エルネスタからすれば驚かざるを得なかった。

人狼族は皆が勤勉で実直だ。未だ打ち解けられていないこの状況でも、シェンカがとても良い国だというのは肌で感じることができる。

「陛下には心より感謝しております。全ての民に対してこれほど心を配ってくださるお方は、そういらっしゃらないでしょう」

ダシャの瞳には迷いも曇りも存在せず、ただ純粋な畏敬だけがそこにはあった。

イヴァンとは数度しか話したことがなく、未だによくわからないとしか言いようがない。しかし今まで見聞きしたことや、この国の現状から鑑みるに、賢君であることは間違いないのだろう。

＊

イヴァンは夜になっても執務室の文机に噛《かじ》り付《つ》いていた。

建国祭を前にして羊皮紙の山は一向に減る気配を見せず、判を押しても押しても終わらない。窓の外は疾《と》うの昔に闇に覆われ、城内を行き来する者もほとんどいなくなっている。

しかし今日はいつもと違う事が一つあった。遠くに響く靴音が執務室の前で止まり、次いで扉がノックされたのだ。

「こんばんは、陛下。少々よろしいですかな」

シルヴェストル・クデラはいつもの美しい所作で一礼して見せた。イヴァンは国の英雄を迎えるにあたって仕事を止《や》め、対面のラグに腰掛けるよう手で示す。シルヴェストルが座ったのを受けて、自分から話を切り出すことにした。

「シルヴェストル、どうかしたのか。こんな時間に珍しいな」

「おや、本当は察しがついておられるのでしょう」

それは見慣れた苦笑だった。恩師でもある最高の戦士が、子供の意地をなだめる時の顔だ。

「知らないな。俺は察しのいい方じゃないんだ」

「そうでしたかな。では申し上げますが、用件は恐れ多くも王妃様についてです」

予想通りの話題を持ち出され、イヴァンは眉ひとつ動かさないまま息を吐いた。

あの王妃が自ら志願して舞踊を練習している事は聞いている。そしてこの男が講師として付いているという事も。

「陛下は王妃様とお話をされる機会はございますか」

またしても予想通りの指摘である。シルヴェストルは面倒見の良い男で、イヴァンが王子だった頃は剣の指導役を務めるだけでなく、何くれとなく世話を焼いてくれたものだ。

更にはこの英雄の親切を差し引いても、近頃はエルメンガルトの良い評判を聞くことが増えた。

あのルージェナですら根性を買っていると言うのだから、かの姫君は心を摑《つか》む術に長《た》けているらしい。

「その件に関して貴方《あなた》の進言を受けるつもりはない」

だが、これればかりは話が別だ。

イヴァンの心には太く長い棘《とげ》が突き刺さっている。それは死に至るようなものではないが、生涯に亘ってチクチクと苛《さいな》む枷《かせ》だ。

「王妃は人間で、明らかに俺に怯《おび》えている。仕方のないことだ」

「私はそうは思いませぬ。そのように頑なになられて、一体何が残りましょうや」

「王妃との関係など、俺にはどうでもいい。同盟が堅固なものになるならそれだけでいいんだ」

言い切ったのち、執務室を押し包んだのは重い静寂だった。

灰色の瞳が訴えるものが何であるかは解っている。幼い頃から教え導いてくれた存在が心を痛めていても、イヴァンは己の考えを曲げることができないのだ。

「貴方様は素晴らしい国王陛下であらせられます。しかし……国王とは、個を滅さねばならぬ程に過酷なお役目なのでしょうか」

「そうではないのかもしれない。しかし俺はそうせねばならなかった。それだけのことだ」

臣下の力を借り、己の全てを費やして、無理に無理を重ねなければ、ここまでたどり着くことすらできなかった。きっと自分は国王の器ではないのだろう。

「陛下。我々は……」

シルヴェストルは微《かす》かな嘆息とともに口をつぐむ。その先は想像することしかできないが、浮かんだ台詞《せりふ》のどれもがしっくりこなかった。


入浴を終えて寝室にたどり着いたのは、いつになく遅い時間になってのことだった。

この程度のことで疲労を感じるイヴァンではない。それでも寝台に向かう足取りが重いのは、先に休んでいるであろう妻のせいだ。

案の定、王妃は昼間の疲労から無防備な寝顔を晒《さら》していた。綺麗《きれい》な女の寝姿などさしたる興味は無いはずなのに、近頃妙に胸がざわめくのは何故《なぜ》か。

『陛下は王妃様とお話をされる機会はございますか』

ふいに先程のシルヴェストルの言葉が脳裏に蘇《よみがえ》った。

同時に胸が痛みを訴え出して、その耐え難さに思わず強く拳を握る。

決めたのは自分のはずだ。それなのに、どうして罪悪感など抱けようか。

全てはシェンカのため、ブラルから持ちかけられた政略結婚を承諾した。宮殿を訪問した際に王女が顔を見せる事は無く、怖がられていることは解っていたのに、それでも国を優先した。

きっと彼女は夫の顔など見たくもないのだろう。それならばなるべく気楽に過ごしてくれたら良いと、いくつか取り計らった。ひとまず初夜を延期したのも、向こうが気の毒なほどに緊張していたからだ。

しかし実際、王妃となった彼女はどうだ。

イヴァンの傷を心配して躊躇《ためら》いもなく手に触れたかと思えば、満月の夜に人狼の姿へと変異することを素敵などと言ってのける。狼《おおかみ》にも恐れず侍女や国の英雄とすら打ち解け、舞踊の練習や勉強に励み、こうして警戒心もなく眠りこけている。

なぜそうまでするんだ。君は俺など、人狼族など嫌いだろう。

個など要らないと決めたのは自分自身であり、一生を妻に恨まれて過ごす覚悟を固めたはずだった。

それなのにどうして今更になって胸が痛む。罪悪感など、抱く資格すら無いというのに。

＊

目を覚ました時、エルネスタは相変わらず一人きりだった。

太陽が静寂の室内を白く照らし出している。見慣れた光景に感じるのが安堵《あんど》なのか落胆なのか、自分でもよくわからない。

しかし一週間経過しても何も無しとは、そろそろ色気不足を本気で心配するべきだろうか。

もしかすると愛妾さんがいたりして。帰ってきてすらいないのかも。

そんな考えが浮かんだ時、何故だか胸が少しだけ痛んだような気がした。

そんなことを思うのはおかしい。イヴァンはかりそめの夫で、今回の謀事《たばかりごと》の一番の対象だ。どうやら未だ見ぬ姉の結婚生活を思って暗い気持ちになってしまったらしい。

「失礼致します。おはようございます、王妃様」

ぼんやりとしているうちにルージェナがやってきた。王妃の世話はダシャだけが担当する訳ではなく、何人かで交代しながら担われているのだ。

今日も濃紺のアークリグを隙なく着こなした侍女長は、朝日に照らされて尚《なお》にこりともしない。

「おはようございます、ルージェナ。良い朝ね」

「左様でございますね。さあ、お召し替えを」

雑談を切って捨てられるのもいつものことだ。エルネスタは大人しく立ち上がり、クローゼットの前へと向かう。

しかし今日に限ってはルージェナが柳眉をひそめており、何かやらかしたかと肝を冷やす事になった。

「王妃様、こちらのお怪我《けが》はどうなさいました」

「え？　……あら」

何のことかと思えば、厳しい視線を追った先、手首のあたりに真新しい青痣《あおあざ》があった。昨日は稽古にやっと剣を取り入れたので、知らないうちに打ち付けていたらしい。

「剣舞の稽古で打ってしまったみたい。大したことないわ」

押せば痛むだろうが放っておけば問題ない。エルネスタの価値観ではそれ以上でもそれ以下でもない痣……のはずだったのだが。

「何をおっしゃいます！　手当てもせずに放置するなど、御身を何だと思っておられるのです！」

見たことのない程の剣幕に、エルネスタはひっと首を縮めた。しかしルージェナの怒りは留《とど》まるところを知らず、別件にまで及び始める。

「だいたい、目の下の隈《くま》が酷うございます。ちゃんと睡眠は取っておられるのですか」

「そ、それは……可能な限り寝ているけど、復習とか色々と長引いてしまって」

「体調を崩される様な復習なら結構でございます。もっと御自覚なさいませ」

それはつまり、もっと自分の体を大切にしろということだろうか。言葉がきついことに変わりはないので、だいぶ前向きに捉えればだが。

「心配してくれるのね。ありがとう」

「王妃様。私は怒っているのですよ」

つい嬉しくなって微笑んだら、にべもなく叩《たた》き落《お》とされてしまった。しかしこの鋼鉄の侍女長の態度が緩んだ気がするのは、きっと気のせいではないだろう。

「すぐに手当てをさせて頂きます。お召し替えはその後に致しましょう」

「わかったわ。お願いします、ルージェナ」

最初こそ怖そうなひとだと思ってしまったが、彼女に勉強を教わる中で少しずつ解ってきたことがある。ルージェナは責任感と深い思いやりを持ち合わせた女性なのだ。舞踊への挑戦を止めたのも、もしかするとこんな事態を想定しての事だったのかもしれない。

手首に軟膏《なんこう》を塗ってもらいながら、エルネスタはそうと判《わか》らぬほどに小さく微笑むのだった。

エルネスタにとって驚くべき出来事が起こったのは、建国祭まであと僅かと迫ったある日のことだった。

「さて王妃様、本日はこれくらいに致しましょうか」

シルヴェストルからの終了の合図を受けて、エルネスタは剣を鞘《さや》へと戻した。近頃はこの動作も随分と様になってきた気がする。

「ありがとうございました。クデラ将軍、どうかしら。この調子で間に合うと思う？」

「大丈夫ですとも。王妃様は実に優秀な生徒でいらっしゃる。このまま行けば遅くとも前日までには形になりましょう」

シルヴェストルは何の表裏もない笑みを浮かべて頷いたが、どうしても不安は拭いきれなかった。近頃は夜も自主練習をしているのだが、この程度で足りない二週間を補うことなどできるのだろうか。

難しい顔をして俯《うつむ》いたエルネスタは、肝心の場面を見逃すことになった。

次に顔を上げた時、何とシルヴェストルが人狼へと変身を遂げていたのだ。あまりに突然の出来事に、エルネスタはあんぐりと口を開けてしまった。

シルヴェストルはいつもの黒いチョハを纏《まと》ったままで、しかし頭部は狼そのものであった。毛並みは彼の髪と同じく白と灰色が入り交じっていて、それは袖から覗《のぞ》く手も同じ。指の先には鋭い爪を備えていたが、人の時と同じように道具を扱えるようで、彼もまた剣を鞘に収めて見せた。

「おっと。ああ、今日は満月でしたか。……王妃様？」

「格好いい！」

気遣わしげに首を傾《かし》げた将軍閣下にも気付かず、エルネスタは口から感動を垂れ流してしまった。

「クデラ将軍は、やっぱり人狼の姿も格好いいのね！　まさに歴戦の英雄って感じ。すっごく強そうで、すっごく格好いいわ！」

目を輝かせる王妃を前にして、最強の戦士は呆気《あっけ》に取られていた。はしたない事だという実感もなく一息に言い切ってからしばらく、大きな声で笑い出したのはシルヴェストルだった。

「何を仰《おっしゃ》るかと思えば……！　王妃様の度胸は、今まで相手取ってきた敵将どもにも勝りますぞ！」

彼は狼の裂けた口を豪快に開け、心の底から面白そうに笑っている。エルネスタは今更のように赤面して、つい子供じみた反応を示してしまった我が身を恥じた。

「だって本当のことだもの。そんなに変なことを言ったかしら」

「いやいや、光栄の極みです。王妃様のようなお美しい方にお褒め頂けるとは、人狼の戦士の誉れにございますれば」

狼の顔は表情が解りにくかったが、それでも確信が持てる。今のシルヴェストルは明らかにからかう笑みを浮かべている。

「もう。お上手ね」

「はっはっは！　本心ですとも！」

またしても笑い出してしまったシルヴェストルに、エルネスタもおかしくなって一緒に笑った。だからこそ気が付かなかった。彼が遠い昔を眺めるように目を細め、小さく呟《つぶや》いていたことに。

「貴女様のようなお方なら、陛下の御心すらも解きほぐすことが出来るかもしれませんな」

部屋に戻るまでの間も、石造りの廊下を歩く者は全て人狼の姿へと変身を遂げていた。

廊下の窓を見上げれば、漆黒の夜空に輝く満月が浮かんでいる。エルネスタの知るそれより大きく感じられたのは、きっとここが人狼族の国だからなのだろう。

満月の日には人狼になるという彼らだが、実際に見るとこうまで幻想的な光景とは。まるで絵本の中に迷い込んだかのようだ。

エルネスタは好奇心に負けてつい顔をあちこちに向けながら廊下を歩き、いつもより時間をかけて部屋へと辿り着いた。

ドアを開けるとそこには侍女のお仕着せを纏った人狼がいて、食事を用意しているところだった。服装もヒントにはなるが、誰なのかは一目見ればわかる。

「ダシャ！」

「ひゃっ！　王妃様⁉」

エルネスタは赤銅色の毛並みに覆われた手を握りこんだ。少女らしく小さな手と、丸みを帯びた目鼻立ちは、いつものダシャの面影を感じさせる。

「私ね、今日は皆の人狼の姿を初めて見たの。何だか素敵で、つい興奮しちゃって」

「王妃様は、本当に怖くないのですね……」

どこか呆然《ぼうぜん》とした面持ちの侍女が噛《か》みしめるように呟くので、エルネスタは首を傾げた。

「当たり前じゃない。姿形が違うだけで、貴女はダシャなんだから」

「お、王妃様ぁ〜！　良かったです。私、少しだけ不安で」

「大丈夫よダシャ。心配かけたわね」

自分より低い位置にある頭を撫でてやると、やはりその毛並みは柔らかかった。ダシャも嬉しそうな上、こちらも気持ちがいいという素晴らしい時間を過ごしたのち、エルネスタは気になる事を尋ねてみた。

「ねえ、ところで陛下は、今日もお食事を共にしてはくださらないのかしら」

エルネスタはいつも一人で食事を取っている。イヴァンは忙しいだろうし、そもそも嫌われているようなので仕方がない。

それが解っていても小さな期待が捨てきれず、たまにこうしてダシャに尋ねてしまうのだ。そんな時、彼女は決まって「お忙しいようで」と顔を曇らせるのだが、今日は違った。

「本日はおいでにならないと伺っております。私も理由は存じ上げませんが、陛下は人以外の姿をお見せにならないそうです」

「もしかしてそれは、私には、ということ？」

鋭い指摘にダシャが息を呑《の》んだのが伝わってきた。

仮初《かりそ》めの夫の行動が意味するものは一体なんなのか。いくら考えても答えは導き出せないまま、満月の夜は更けていく。

期日までに何かを成さねばならない時、時の流れは速く感じられるものだ。

エルネスタは毎日を勉強と稽古に費やした。夜の自主練も取り入れて、ひたすらに舞う。もはや意地とでも言うべき日々は瞬く間に過ぎ去り、あっという間に建国祭当日がやってきた。

エルネスタはこの日、朝から大忙しだった。来賓が次々と来城するのでその度に出迎え、準備中の会場に顔を出して召使い達を労《ねぎら》う。その合間を縫って剣舞の最終確認をし、ほんの少しの食事を取りながら準備を進めていく。

そして今、エルネスタはついに剣舞の衣装へと着替えをしているところだった。いつものアークリグと比べて多くの布を重ねた非常に豪華な品で、一人で着ることができずに手伝ってもらっている。

「王妃様、とってもお似合いです！　本当にお美しいですっ！」

ダシャはいつも以上に目を輝かせて己の主《あるじ》を褒めそやした。

髪は邪魔にならないよう編み込みにされ、青い花の髪飾りをあしらってもらった。月の女神への剣舞に合わせ、紺色の絹と金糸を駆使して作られた衣装は美しく、エルネスタのほっそりとした肢体を浮かび上がらせている。

「ありがとう。ダシャ」

しかし褒められた本人は曖昧に笑うことしかできなかった。緊張と、分不相応な事をしているという焦燥感が、今更のように胸中を苛んでいた。

「王妃様、大丈夫です。貴女様はクデラのお墨付きを得ているのですから、自信をお持ち下さいませ」

ルージェナが主の緊張に気付いて静かに語りかける。彼女にしては随分と好意的な台詞に、ダシャが面白そうに笑った。

「ルージェナ様は近頃お優しいですよね」

「ダシャ、無駄口を叩いていないで早くお水をお持ちしなさい」

「は、はい、すぐに！」

脱兎《だっと》のごとく走り去った少女の背を見送って、エルネスタは目を細めた。

頑張らなければ。応援してくれる彼女らのためにも、絶対にやり遂げるのだ。


大広間はすっかり建国祭の仕様へと様変わりしていた。

月を象《かたど》った飾りがそこかしこに取り付けられ、ランプの明かりが夕方の薄暗がりを照らし出している。絨毯《じゅうたん》の上には所狭しとシェンカ料理が並べられ、馥郁《ふくいく》とした香りが漂う中、凄《すさ》まじい数の諸侯たちが歓談する様は壮観という他ない。

エルネスタは上座で体を強張らせていた。緊張すればするだけ失敗に近付くことはわかっているのにどうにもならない。喉が乾燥してヒリヒリと痛むし、頰には熱がこもって逃げ場を失っている。

ふと近くからの視線を感じて、エルネスタは隣を見やった。

そこにはイヴァンが胡座の姿勢で鎮座している。先ほどまでと違ったのは、その藍色の瞳がこちらを見つめていたことだ。

「あの、陛下。私の顔に何か付いていますか？」

「いや。酷い顔だと思ったまでだ」

その指摘は確実な鋭さでエルネスタの胸をえぐった。

やっぱり緊張が顔に出ていたようだ。いやむしろ、そのまま容姿をけなされたのだろうか。顔に手を当てて恥じ入っていると、次に聞こえてきたのは輪をかけて信じられないような言葉だった。

「シェンカでは、緊張した時に指の腹を小指から順番につまむ」

エルネスタはあからさまに驚きを表情に乗せてしまった。

まさか、もしかして。この方は今、助言をくれたのだろうか。

「えっ……ええと、こうですか？　小指から、順番に……」

言われた通りに小指、薬指、中指とつまんでいく。イヴァンは冷徹な無表情のままではあったが、そうだと頷いてくれた。

「親指まで終わったら反対の手だ。緊張がほぐれるまで繰り返す。時間が潰れる分、気休めくらいにはなるだろう」

イヴァンの言葉通り、五周目に入る頃にはだいぶ落ち着いてきた。我ながら単純だと思うが、何よりも彼の気遣いが嬉しかった。

「本当に楽になりました！　ありがとうございます、陛下」

「そうか」

その瞳はすでに逸《そ》らされて、もうこちらを見てはいない。冷たい表情は相変わらずだが、エルネスタにとってはその泰然とした姿が心強く感じられた。

皆が揃《そろ》ったタイミングで国王から乾杯の音頭が放たれ、祝宴は本格的に始まった。

同時に国王夫妻の前には、挨拶を目論む者たちによる輪が形成されてしまう。結婚式で経験したこととはいえ、倍以上年の離れた重鎮達に囲まれるのは、そう愉快なものではない。

エルネスタはできうる限り朗らかに努めた。イヴァンはというとエルネスタと話す時より饒舌《じょうぜつ》で、諸侯たちと如才無い受け答えを交わしている。

この国王は誰かと話すこと自体が嫌いという訳では無いのだ。エルネスタとの会話が無いのは人間相手だからか、それとも単に興味がないからか。

こちらに来て二週間以上が経《た》つのに、何よりもこの国王陛下の事が一番わからない。いつもの疑問が胸に重くのしかかって来て、エルネスタは無理矢理にでも気持ちを浮上させねばならなかった。

落ち込んでいてはだめだ。今はただ、そろそろ始まる剣舞のことだけを考えていれば良い。

「王妃様。此度は剣舞をご披露いただけると伺っておりますぞ。いやはや、楽しみですなぁ」

輪の中の一人が嫌にべっとりとした声で話題を提供した。すると周囲も呼応してどこか白々しい雰囲気が漂う。

「人狼族の舞は難しいでしょう。よくお申し出になりましたなぁ」

「なんでも講師にクデラ将軍が付かれたとか。かの英雄からの指導となれば、少しの間違いも無いでしょうな」

「それは素晴らしい。とはいえ王妃様の美貌にかかれば、多少の粗《あら》など気にならないというものです」

普通の会話に聞こえるようでいて、その言葉は明らかな棘を含んでいた。こういう時は相手にしないのが一番だとエンゲバーグに言われていたので、明るく笑って聞き流す事にする。

彼らが「同盟反対派」の貴族であることは、エルネスタにはすぐに判った。人狼族の中には人間との同盟に異を唱える者も多く、その急先鋒《きゅうせんぽう》となっているのが最初に声を上げたカウツキー卿《きょう》なのだ。

彼らが人間の王妃を気に入らないのは当然。しかしこう悪意を向けられては、仕方がないとわかっていても鉛を呑み込んだような気分になる。

「あまり言ってくれるな。貴君らにこぞって期待されては、王妃もいらぬ緊張を得てしまうだろう」

エルネスタは思わず隣を仰ぎ見た。イヴァンは相変わらず落ち着いていて、こちらを見ようともしていない。

だから彼が庇《かば》ってくれた事は、先程緊張に効くおまじないを教えてくれた事よりも、もっと信じられなかった。

エルネスタは胸に温かな火が灯《とも》るのを感じた。

本当によくわからないひとだ。けれど、きっと優しいひと。これ以上の優しさが向けられる事はないのかもしれないけれど、それでも構わない。

やれるだけのことをやろう。人間の王妃に対する悪い印象を少しでも変えられるように。

上座を離れたエルネスタは、中央に設《しつら》えられた舞台へと歩いて行った。

会場内は何本もの列になって招待客が座り、その間に料理が置かれるという形になっているのだが、中央にはがらんとした空間が存在する。そこは建国祭にあたって設えられたもので、様々な出し物のために用意された舞台なのだ。

「王妃様。調子は如何《いかが》ですか」

舞台の側《そば》ではシルヴェストルが待っていた。彼の優しさに笑みを返したエルネスタは、力強く頷いて見せる。

「最高よ」

「はっはっは！　なれば良し。さあ、見せておあげなさい」

虚勢はあっさりと見抜かれ爽快に笑い飛ばされてしまったが、彼は王妃に合わせて不敵な笑みを浮かべてくれた。

差し出された剣は刃が引いてあるとはいえ、鉄で出来ているのでずっしりとした重みがある。エルネスタはそれを二本の腕で恭しく受け取ると、ついに舞台への一歩を踏み出した。

＊

わからない。君は何故そこまでする？

イヴァンは舞台から視線を逸らせずにいた。か弱い人間であるはずのエルメンガルトが剣を払う度、宴席の淀《よど》んだ空気が割かれていくのがわかる。諸侯たちはすっかり静まり返っていて、新たな王妃の舞を吸い寄せられる様に見つめていた。

剣はしなやかな太刀筋を描き、スリットの入った長い袖が翻るたびに光を透かす。飾りのついた腕輪が涼やかな音色を奏で、地面を蹴る音が時折鋭く響く。

これは月の女神への感謝を表現する舞だ。彼女もそれをよく解っているようで、優しい微笑を浮かべていた。先程まであんなに青い顔をしていたというのに。

これは普通ならば成し得なかったことだ。人狼族でも一月かかる舞をたった二週間で習得するには、文字通り血の滲《にじ》むような努力があったのではないか。

どうしてそこまで。疑問ばかりが脳内を占拠し、それと同時にまたあの感覚が襲ってくる。

胸が痛む。耐え難い痛みだ。

先程、彼女は二度笑った。一度目は緊張に効くおまじないを教えた時。二度目は同盟反対派の貴族から庇った時。

彼女はそれくらいのことでどうして笑うのだろう。恐怖の対象でしかない人狼族に囲まれてなお、どうして前に進む事をやめないのだろう。

一度高く飛んだ爪先が、右から左へと静かに着地する。一拍おいて衣装の裾がふわりと舞い降りてきて、幽玄なる時は終わりを告げた。

エルメンガルトの頬は遠目にも判るくらい紅潮しており、荒々しい呼吸がその舞の厳しさを物語っていた。場内は相変わらず静まり返っていたが、次の瞬間、爆発的な拍手が巻き起こった。

誰もがこの歳若い王妃の努力を悟っていた。貴族たちは口々に褒《ほ》め称《たた》え、場内は剣舞の最中とは打って変わって猛烈な熱気を帯びる。

エルメンガルトは荒い息のまま放心していたが、やがてハッとした様に剣を胸に抱きかかえると、丁寧なお辞儀をした。その初々しい姿も魅力的に映ったようで、歓声が一段と大きくなる。

王妃が恥ずかしそうに大歓声の中で舞台を辞す間、しかしイヴァンは少しも動けずにいた。

「陛下」

声をかけられて顔を上げると、側にはヨハンが控えていた。主君があまりにも動かないので心配になったのかもしれないが、その割には彼の顔には苦笑が浮かんでいる。

「お見事でございましたね」

「ああ……」

「何を考えておいでです」

「俺が、何を考えると」

突き放すような台詞の割に、その藍色の瞳は揺れていた。

およそ弱音などというものとは無縁の主君が迷いを見せたのは、ヨハンにとって喜ばしい事だったらしい。彼は眼鏡の奥の瞳を細めると、無情にも言い放つのだった。

「私は知りませんよ。これは貴方が考えるべき事なのです、陛下」

そうだ、これは自分で決めるべき事だ。選び取った道が揺らぐのは、自らの変化ゆえに他ならないのだから。

＊

「クデラ将軍！」

エルネスタは舞台を降りるなり、万雷の拍手の中で師と抱擁を交わす。シルヴェストルは満面の笑みを浮かべて自らの生徒を迎え入れてくれた。

「私、踊れていた？」

「もちろんですとも。素晴らしい舞でしたぞ、王妃様」

師匠の太鼓判を得て、エルネスタはようやく緊張から解放された。瞳に薄い膜が貼り、喉の奥が焼け付くように痛んだが、あまり取り乱すわけにはいかないので我慢する。

「ルージェナ！」

今度はルージェナがやってきて、エルネスタを自ら抱きしめてくれた。

「ご立派でございました、王妃様。本当によく頑張りましたね」

駄目だ、やっぱり泣いてしまいそう。

その温《ぬく》もりはエルネスタにイゾルテを思い出させた。病気に臥《ふ》せりながら、いつも娘を応援してくれた優しい母を。

遠くの壁際では、エンゲバーグが泣きそうな笑みで拍手をしているのが見える。少し離れたところではダシャも嬉しそうに手を叩いている。見知った侍女たちも、侍従たちも、貴族も皆が。

少しはやれることをやったのだと、思ってもいいのだろうか。もちろんこれくらいのことで人間と人狼族の関係が変わるとも思わないけれど、せめて。

「いやはや、大喝采ですな王妃様。そんなに我々からの人気を得たいのですか」

多分に棘を含んだ声が耳に届いたのはその時のことだった。

ルージェナがさっと視線を鋭くして声の主を睨《にら》む。シルヴェストルもまた、同じ目つきで男を見やった。

すぐ近くの席でにやにやとした笑みを浮かべていたのは、先程会話を交わしたばかりのカウツキーだった。恐らく彼は人間の王妃が恥をかくのを期待していたのに、当てが外れてがっかりしたのだろう。

「今の恥知らずな物言いは貴様か、カウツキー。この私の前でよくもそんな大口を叩けたものだ」

シルヴェストルは明らかな怒気を纏って腰の短刀に手を掛けたが、彼の妻が素早く制したので事なきを得た。師の短気な一面を意外に思いつつ、エルネスタは一歩前へと進む。

この会場中が突然の諍《いさか》いに釘《くぎ》付《づ》けになっているのがわかる。ここで引くわけにはいかない。身代わりでも立場を与えられたのなら、それに準じた姿を見せなければ。

「勿論よ、カウツキー卿。私はこの国に嫁いだ身。なればこそ、皆と解り合いたいと思うのは当然のこと」

あまりにも堂々とした切り返しに呆気に取られたのは、なにもカウツキーだけではなかった。ルージェナもシルヴェストルも、会場にいる全ての者が、その誇り高い立ち姿に目を奪われていた。

「そこには貴方も含まれているわ。そう考えることに、何か悪いことがあるの？」

カウツキーはそこでようやく覇気を取り戻したようで、顔を真っ赤に染め上げると、手にしたグラスを絨毯へと叩きつけた。重く鈍い音が会場内に反響し、冷静を失った喚《わめ》き声が続く。

「な、何を……！　強欲で非情な人間の分際で、人狼族を解ろうなどと」

それは一瞬の出来事だった。

エルネスタは隣を大きなものがすり抜けていったのを感じた。それが何であるかを認識する頃には、カウツキーの口を戦士の手が塞いでいたのだった。

「イヴァン陛下……」

名前を呼ぶ声は会場のざわめきに掻《か》き消《け》された。

イヴァンはこちらに背を向けていて、どんな表情をしているかなど解りようもない。しかし自らの主君に顎を鷲摑《わしづか》みにされたカウツキーは、既に顔色を真っ白にしていた。

「それ以上は言うなよカウツキー」

カウツキーは壊れたからくり人形のように頭を縦に振った。頷いているつもりなのだろうが顎を摑まれたままでは満足な動きはできず、周囲の者の目にはただ滑稽に映った。

王の手に力が入り、カウツキーの顔色が白から赤に変わる。エルネスタは一言も発せないまま、その信じがたい光景を眺めていることしかできなかった。

「貴様こそが身の程を弁《わきま》えろ。妃《きさき》への侮辱はこの俺への侮辱と心得るがいい」

それは地を這《は》うような声だった。

相対した者ならば一切の例外なく、地面に頭を擦り付けて許しを請うことだろう。そう思わせる程に彼の背中が発するものも、その言葉が纏う怒気も、途方も無い力を有していた。

臣下が必死の形相で頷いたのを受けて、イヴァンはようやく手を離す。カウツキーは力なく地面に蹲《うずくま》って咳《せ》き込《こ》んだが、彼を助けようとする者は一人もいなかった。

その場にいた殆どの者が、国王の持つ唯一無二の気迫に呑み込まれていたのだ。それはシルヴェストルのように慣れた者ですら、一瞬動けなくなるほどのもの。

イヴァンがゆっくりとこちらを向く。エルネスタは完全に硬直していたのだが、彼と目を合わせた瞬間にある事に気付いてしまった。

――何でそんなに悲しそうな目をするの。

いつもの無表情からどうしてそう感じ取ったのかは分からない。ただエルネスタは、この孤高の王様をこのままにしておけないと思った。

せめて一度でいいから、心から笑った顔が見たい。衝動的に、そう願った。

「陛下。どう、なさったのですか」

それなのに一歩を踏み出した足が、不意に力を失った。剣舞に全神経を集中させすぎたのか、そういえば全身がだるくて動かしにくい。

「私のことなら、大丈夫、ですよ」

もう一歩進もうとしたら、今度は膝が役目を放棄したようだ。顔が火照り頭がぼんやりとして、何故か思考回路までもが働かない。急速な眠気に襲われて、体が傾《かし》いでいくのに受け身すら取ることができないままうつらと目を瞑る。

遠くに悲鳴が聞こえた。それと同時に逞《たくま》しい腕が受け止めてくれるのを、エルネスタは確かに感じたのだった。

＊

「王妃様はお風邪をお召しです。重大なご病気ではありませんのでご安心下さいますよう」

王族付き薬師であるヤロミールの言葉に、王妃の部屋に残った三人は肩の力を抜く。イヴァンもまた眉をひそめたまま、長い溜息を吐き出した。

剣舞の直後に倒れた時も、そうして抱き上げた体の軽さにも、心底肝が冷えたものだ。

今のエルメンガルトはぐっすりと眠りに就いている。しかし未だに顔が赤く、苦しそうに見えるのも事実。

ルージェナも沈鬱な面持ちをして、主の額に載せた布を取り替えている。ダシャなどは目に涙を溜《た》めて、熱を持った頰に滲む汗を拭ってやっていた。

「どう見ても熱が高い。何か方法は無いのか」

この老薬師はイヴァンが生まれる前から王宮に勤める熟手なのだから、疑うつもりはもちろん無い。しかし食い下がらずにはいられなかった。

「お目覚めにならない以上、こうして解毒効果のある香を焚《た》き、室内を暖めるくらいしか……。あとはこまめに額の布を冷やして差し上げることです」

ヤロミールは困ったように目を伏せた。

そうだ、当たり前だ。この親切で腕の良い薬師ならば、手を尽くした上で治療を終えるに決まっているというのに。

「……そうか、わかった。感謝する」

「勿体《もったい》ないお言葉。いつでも結構でございます故、ご用命の際にはお呼び立て下さいませ」

ヤロミールが一礼を残して退室して行くのと同時、イヴァンはエルメンガルトの枕元へと向かう。側のチェストには香炉が置かれ、かすかな煙と共に草原を思わせる香りを漂わせていた。しかしその側で眠る彼女は苦しげな息遣いをしていて、普段の朗らかさなど見る影もない。

「俺が看《み》る」

侍女二人がはっとしたように顔を上げたが、その驚愕《きょうがく》の視線に自らの妻を見つめる国王は気付かない。

「陛下が、御自ら王妃様を看病なさると仰るのですか」

かつてはこの国王の教育係を務めた侍女長は、聞いたこともないような掠れ声で主君に問うた。イヴァンはその驚きがどこから来たものかよく知っている。だからこそ目を合わせてしっかりと告げた。

「ああ。仕事を譲ってくれ、ルージェナ」

ルージェナの紫色の瞳が見開かれたのも、ずいぶん久しぶりに見た気がする。

思えば彼女には心配ばかりかけてきたのかもしれない。そんなことを考えてしまえば、急に足元がぐらつく様な感覚を得るのだから、拳を握りしめて耐えなければならなかった。

「畏まりました。陛下の仰せのままに」

ルージェナは直《す》ぐに冷静を取り戻して頷いて見せた。ダシャはといえば、状況が呑み込めていない様で、視線を王妃と国王とで往復させていたが、やがて侍女長に促されて礼を取る。

「陛下。王妃様は大変優秀な生徒でしたよ」

珍しく柔らかな笑みを浮かべた鋼鉄の上司を前に、ダシャが幽霊でも見た様な顔をした。ルージェナが鉄面皮を立て続けに崩すのはそれくらい珍しいことなのだ。

「王妃様はどうやら、自らを二の次になさるお方。大切にして差し上げて下さい。どうか、お願い致します」

その言葉が看病だけではなく、今後を指している事に気が付いてしまった。ぎこちなく頷いた主君に、ルージェナは満足げに礼を取り、部下を従えて退室していく。

扉が閉まるのを待って、イヴァンは寝台の側の丸椅子に腰掛けた。

額の布に触れると早くも温《ぬる》くなっていたので、水に浸して絞り、また載せる。静寂に満ちた部屋に身を漂わせていると、思い出されるのは先程の出来事だった。

『勿論よ、カウツキー卿。私はこの国に嫁いだ身。なればこそ、皆と解り合いたいと思うのは当然のこと』

その凛《りん》とした眼差《まなざ》しが脳裏に焼き付いている。

異国から嫁してきたはずの姫君は、いつのまにか周囲の信頼と敬愛を得てしまっていた。顔を合わせなくとも聞こえて来るのは、王妃様が頑張っていること、そしていつでも笑顔を浮かべていること。

しかし今の彼女は顔に玉の汗を浮かべて、苦しそうな息遣いのまま眠りに就いている。

歩み寄ろうとしない夫と、どうしても存在する周囲との壁。この現状を何とかしようと出来る限りの努力をした結果、彼女は倒れた。

どうしてそこまでするのかと思っていたが、今ならわかる。彼女は公平な目を持ち、ただ純粋に両国の関係を憂いていた。そのために邁進《まいしん》する気高さを持ち合わせて。

皆と解り合いたいと言った彼女に、俺は何をした。

緊張を解くまじないを教えたくらいのことで喜んでくれる、その笑顔が少しの表裏もない事に気付いていたのに。ただ遠ざけて、一人の人間としての彼女を知ろうともしないまま、俺は。

「……とんだ臆病者だ。君は、俺を笑ってくれるだろうか」

＊

エリー、大切な話があるの。

七歳の夏の日のこと。イゾルテが改まってそう告げた瞬間から、エルネスタの世界は一変した。

確か居間での夕食を終えてすぐのことだった。ブルーノとコンラートも同席しており、弟に関しては話の意味がよくわかっていない様子で、馬のおもちゃで遊んでいた。

「じゃあ、私は父さんと母さんの本当の子どもじゃないの？」

冗談であってほしい。それなのに両親は揃って真剣な面持ちをしていて、嘘《うそ》をついていないことなど見ればすぐにわかる。

次に、悲しいと思った。本当は皇帝陛下の子だとか、そんな事はどうだっていい。無条件に信じられた親子という絆《きずな》は本当は存在していなかった。その残酷な真実が、小さな胸をズタズタに引き裂いていく。

「そう……なんだ。そっか……」

なぜか自然と笑みが浮かんできた。悲しみのあまり心が麻痺《まひ》を起こしていて、子供らしい反応ができなかった。

「わかった。もう、わがまま言ったりしないから」

「エリー！　それは違うわ」

イゾルテが腕を伸ばしてきて、幼い娘を思い切り抱きしめた。そんなことを言わないでと、悲痛なかすれ声が耳に届く。

「あなたは母さんと父さんの子よ。今まで通り、何も変わらない。思いっきり甘えて、思いっきり遊んでちょうだい。あなたが悪いことをした時は、ちゃんと叱ってあげるから」

抱きしめる力が更に強くなる。震える肩がイゾルテの感情を直《じか》に伝えてくるのに、それでも抱きしめ返すことができない。

「あなたは知らなきゃいけなかったの。きっとどこかで知る時が来るから、その前に私から教えないともっと傷つく事になる。けど……ごめんね。あなたはまだこんなに小さいのに。悲しませて、ごめんね……」

イゾルテの表情は見えなかったけれど、その声が涙に濡れていたのは幼心に理解できた。

ごめんね、母さん。私がいなければ、泣かなくても済んだんでしょう？

大好きなのに。父さんもコンラートも大好きなのに、どうして私だけ血がつながっていないいんだろう。

泣かないで。私泣かないから。大丈夫、わかってるもの。三人とも私のことを愛して、大事にしてくれてることくらい。

それなのに母さんも父さんも私のせいで悲しんでる。ごめんね。ほんとうにごめんね……。

心の中で謝り続けていたら、今度はブルーノにイゾルテごと抱きしめられてしまった。コンラートも楽しそうに走ってきて、エルネスタの腰のあたりに抱きついてくる。

鍛冶屋の腕は太くて大きくて、エルネスタはそこにぶら下がるのが大好きだった。けれどこの日を境にそうする事は二度となかったのだ。

瞬きをしたら場面が切り替わって、エルネスタはすっかり今と同じ姿になっていた。先程まで見ていた悲しい過去は今は思い出せず、懐かしい我が家に向かって一直線に駆けている。

エルネスタは逸《はや》る気持ちを抑えて北極星の門をくぐった。扉の先には父と弟がいて、久しぶりの再会に涙腺が緩む。

「父さん！　コンラート！　ただいま……！」

二人まとめて抱きしめると、同じように抱き返してくる腕。本当に懐かしくて、温かい。

「頑張ったなあ、エリー。お疲れ様」

「姉さん、もうこんな無茶したらダメだよ。心配したんだからね」

それぞれに労われながら、エルネスタは体を離した。しかし二人の顔を覗き込んだ瞬間、違和感を覚えて息が止まる。

「どうしたの、二人とも……？　何か、あった？」

ギクリと体を震わせたのはブルーノだった。エルネスタは嫌なものを感じて、それを否定するために店の奥へと駆け出した。

「姉さん！」

「エリー、待ちなさい！　父さんと一緒に……！」

やけに悲痛な声を無視してたどり着いたのは、イゾルテの部屋の前だった。

心臓がうるさく鳴り響いている。しかし立ち尽くしている場合ではないと、エルネスタは勇気を持って扉を開けた。

果たしてそこには、最悪の結末が待っていた。

美しい姿のまま、やせ細った体を横たえる母。その胸が上下することはなく、色を失った顔はピクリとも動かない。

「ああ……」

唇の端から自分の声とは思えない呻《うめ》きが漏れた。馬鹿みたいに心臓が鳴り響き、頭の奥がかき混ぜられたように痛む。

「ごめ、なさ……母さん、ごめんなさい……！」

後から後から涙が溢《あふ》れてくるが、拭き取ろうとも思えなかった。深い絶望と後悔、そして失望が胸中を満たし、それ以外の感情が押しつぶされていく。全身が力を失って、エルネスタは膝をついて蹲《うずくま》った。

「ごめんなさい、ごめんなさい……！　助け、られなくて……嫌だ……母さん！」

意味のない呟きが湧き出しては消える。それを繰り返していると、不意に肩を掴まれる感覚があった。

（し……しろ！　……ぶだ、……せ）

何を言っているのだろう。顔を上げる気力もないし、よく聞き取れない。

（大丈夫だ、それは夢だ。目を覚ませ！）

今度の声ははっきりと響いた。エルネスタはのろのろと顔を上げたが、それが誰であるかを確認する前に視界が白いものに閉ざされてしまった。

目を開けた途端に、眦《まなじり》から涙が滑り落ちていくのがわかった。

ぼやけた世界に映り込むのが誰だかわからず、無遠慮な視線を注いでしまう。やがて躊躇いがちに大きな手が伸びてきて、目の縁に残った雫《しずく》を拭い取っていった。

「……陛下？」

明瞭になった視界の先に、己を覗き込む端整な顔があった。それはどう見てもイヴァンでしかなく、エルネスタは状況が読めずに呆《ほう》けたまま彼を見つめる。

「うなされていた。大丈夫か」

「はい……。すこし、嫌な夢を見ただけ、です」

口に出してみると、あの心の底から震えるような未来が、夢だったのだという実感が湧いてくる。エルネスタはほっと息をついて、周囲の風景を見渡してみた。

どうやらここは王妃の部屋のようだ。一度しか使っていない寝台に久しぶりに横になっていて、窓からは抜けるような青空がのぞいている。イヴァンはどうやら側の椅子に腰掛けているらしいが、なぜこんなことになったのか皆目見当もつかなかった。

「これは……なんで。私は……」

喉は引《ひ》き攣《つ》れたような痛みを訴えているし、頭も絶え間無く締め上げられているかのようだ。思考回路がぼんやりとして働かず、息もしにくくて苦しい。

「風邪だ。君は昨日、高熱を出して倒れたんだ」

言われた途端に当時の状況が蘇ってくる。

確かカウツキーを相手に偉そうに啖呵《たんか》を切り、激昂《げきこう》させてしまったところをイヴァンに助けられた。そして体のだるさに気付いて——そこからは、何も覚えていない。

「薬師を呼んでくる。そのまま横になっていろ」

「ま、待って下さい……！」

エルネスタはとんでもないことをしでかしたのを自覚し、背を向けた国王を引き止めた。

祭りの席で揉《も》め事《ごと》を起こすだけでは飽き足らず、しかも倒れただなんて。思えば祭りの最中から喉の痛みと頬の火照りを感じていたのに、緊張のせいだと思い込んでしまった。

「申し訳、ありません。私、なんてお詫《わ》びしたらいいのか」

「落ち着け、起きるんじゃない」

しかしせっかく起こした体は、イヴァンによって再び寝台に沈められてしまう。

「ですが！」

「どれ程の高熱だったと思っているんだ。いいから安静にしていろ」

まるで心配しているような言葉を掛けられて、エルネスタは面食らってしまった。

そういえば、どうして国王陛下が看てくれているのだろう。こういうのは普通なら侍女や召使いの仕事ではないのか。

ますます不可解なこの状況について考えていると、こちらをまっすぐに見つめる藍色と視線を交わらせることになった。

「君は何も悪くない。剣舞も、立ち居振る舞いそのものも見事だった。悪いのは俺だ。臣下の無礼と、これまでの俺の態度について謝りたい。すまなかった」

そして、イヴァンは言葉を選び選び、真摯な謝罪を告げた。いつもの無表情ではあったが明らかに沈痛な面持ちに、エルネスタは更なる混乱をきたしてしまう。

「そんな！　陛下が謝られるような事は、何も。だって、私は」

私は貴方を騙《だま》しているのだから。

エルネスタはこの国の者に優しくしてもらえるような人間ではない。身勝手な願いのために、嘘を貫き通す事を決めた欲の塊だ。

友好や愛情、親切を受け取るのはエルメンガルト本人であるべきだ。エルネスタはいずれここからいなくなる。すべてをまだ見ぬ姉に引き渡して、無責任に消え去る身なのだから。

「……私、は。少しも、酷い事をされただなんて、思っていませんから」

嘘をついているという絶対的な楔《くさび》が、エルネスタの胸を今更のように締め付ける。

なんておこがましい。誰かに許しを与える資格など自分にはありはしないというのに。

それでも、口に出すことだけは真実でありたかった。何故だかやけに悲しそうに目を細めるこのひとには、心まで偽ったまま接したくないと思った。

「陛下が、そう思われるのだとしても、私はそうは思いません。ですから……謝られる必要なんて、無いんです」

「君は……」

イヴァンの夜空を映したような瞳が見開かれて、すぐに細められた。その眼差しには自嘲が含まれているようだった。

「君は、寛大にも程があるな」

「そうでしょうか？　私も怒ることくらいありますよ」

「ほう。それなら怒らせないようにせいぜい気をつけるか」

イヴァンが肩を竦《すく》めて見せるので、エルネスタは思わず声を出して笑う。

彼と普通の会話ができることが、こんなに嬉しいだなんて思わなかった。エルネスタはやけに沸き立つ気持ちを持て余しつつ、今までは遠くで煌《きら》めくばかりだった夜空の瞳を見つめた。

こうしてみるとやはり見覚えがあるような気がしてならない。しかしそれがいつ、どこでのことだったのか思い出せないし、そもそもイヴァンであった筈《はず》もないのだ。結局それ以上の思考は続かずに途切れてしまった。

「実は頼みがあるのだが」

「な、何でしょう？」

いつのまにか目と目を合わせていた事に気付き、エルネスタは慌てて視線を外した。しかしイヴァンの視線はそれでも尚逸らされることはなく、真《ま》っ直《す》ぐにこちらを見据えているようだ。

「先程うなされていた時に、何と呼んでやればいいのかわからず困った。これからは名前で呼びたいのだが、構わないか」

「え」

あまりにも予想外の申し出に、国王に対するにはかなり不躾《ぶしつけ》な反応を返してしまった。彼はこの国の最高権力者なのだから、いちいち確認せずとも好きに呼べばいいのではないのか。

エルネスタは不思議に思い、先程の恥じらいも忘れてイヴァンを見返した。直線的な眼差しは特に冗談を言っている様子ではない。

もしかしてこの方は、真面目で律儀で、ひたすら義理堅い性格の持ち主なのでは。

エルネスタを避けていた理由はわからない。けれど今この瞬間からは、少なくとも向き合う事を考えてくれている。そう思っても、良いのだろうか。

「エリー、と。そうお呼びください。親しい人はそう呼ぶんです」

その時、自身のあだ名を告げてしまったのは、熱に浮かされていたからだという他無い。エルネスタはエルメンガルトへの罪悪感で頭を抱える事になるのだが、それは我に返ってからの話になる。

何故なら、次の申し出は更に驚くべきものだったから。

「ならば俺のこともイヴァンと。名で呼んでくれないか」

エルネスタは今度こそ固まった。

この立派な国王陛下を名前で呼ぶ？　そんなことはあまりにも勿体無い。

それに、何だか妙に気恥ずかしいのだ。エルネスタは頬を染めたが、イヴァンは引く気がないらしく、相変わらずじっとこちらを見つめている。

エルネスタは自己暗示をかけることにした。エルメンガルトの代わりなのだから、自身がこの美しい国王を名前で呼ぶわけではない。断じて違うのだ。

「それでは……イヴァン様、でよろしいですか？」

「様はいらない。敬語も必要ない」

「ええっ！　ですが、それではあまりに！」

これにはエルネスタも大声を出した。

流石にその申し出は難易度が高すぎる。男性に免疫のない乙女を舐《な》めないでいただきたいものだ。

しかし、イヴァンの真っ直ぐな眼差しと視線を交わらせると、否やが出てこなくなってしまう。それが彼の持つ気風によるものなのか、はたまた全てが熱のせいなのか、エルネスタにはもう判断がつかなかった。

「シェンカでは普通、王族や貴族であっても家族間では敬語を使わない。落ち着かないので検討してほしい」

「う……！　わ、わかりました。では……イ、イヴァン。これで、いい……？」

頬が熱を持ち、傍目《はため》から見ても赤くなっているだろうことが窺えた。エルネスタはせめて見咎《みとが》められないように、布団を口元まで引き上げる。

イヴァンの端整な面立ちが静かな笑みを形作ったのは、その瞬間の事だった。

「ああ、それでいい。エリー」

細めた目は柔らかさを宿し、口元は穏やかに弧を描いている。雲間から顔をのぞかせた月のような、淡く穏やかな表情。

冷徹と噂《うわさ》の国王陛下の笑顔は、想像だにしない破壊力を持っていたらしい。エルネスタは目が潰れるのではないかと本気で思った。

何の言葉も返さない王妃に、イヴァンは風邪のせいだと捉えたようだった。

「長話だったな。ルージェナ達にも君が目を覚ました事を報《しら》せてこよう」

イヴァンが部屋を出て行った瞬間、エルネスタは大きな溜息を吐いてうつ伏せになった。もう見咎める人は居ないと解っていても、赤くなった顔を隠したかった。

今までずっと無表情だったくせに、いきなり笑うなんてずるい。

やけに胸が沸き立つのは彼が男前だから。妙に温かい気持ちになるのは、隣の家の犬が初めて撫でさせてくれた時と同じこと。

ただそれだけの筈だ。何せ、エルネスタは身代わりの王妃なのだから。


用意された病人食を平らげて、薬を飲み込んだ頃には、エルネスタの体調はある程度回復していた。

ヤロミールの診察も終わり、部屋に残ったのはルージェナにシルヴェストル、そしてエンゲバーグという面々だった。

「ご心配申し上げましたよ。ご無事で何よりです、エルメンガルト様」

エンゲバーグは随分と気を揉《も》んでいたらしく、部屋に入ってきた時などは血相を変えていた。ここまで心配をかけてしまうとは、彼の心労を増やして申し訳なく思う。

「これからは体調がお悪いのならお申し付け下さいませ。倒れて頂いては困ります」

ルージェナはもう少し怒ってやりたいが、病人相手なので我慢しているといった様子だ。

「ルージェナ、ご無事なのだからそれだけでよかろう。王妃様、今はごゆっくりお休みください」

シルヴェストルが鷹揚《おうよう》な笑みを浮かべるので、エルネスタも素直に頷くことにした。こんなに迷惑と心配をかけてしまったのだから、今は一刻も早く治すのが肝要だ。

「心配かけてごめんなさい。皆、ありがとう」

感謝の気持ちを伝えれば、全員が気にするなと返してくれる。彼らの表情に嘘はなく、だからこそエルネスタはたまらなくなってしまった。

私は皆に心配してもらうような者ではないのに。

エルネスタの心情を知ってか知らずか、その場を辞することを提案したのはエンゲバーグだった。彼の言によりめいめい解散して行き、ついに王妃の部屋は元の静けさを取り戻す。

そこで新たなる訪問者がやってきた。以前と同じように続きの間から姿を現したのは、銀の毛並みも艶やかな狼だった。

「ミコラ！　来てくれたの」

ミコラーシュは静かに寝台まで近寄って来て、エルネスタの枕元に顔を載せた。狼は賢い生き物だから、目の前の人物が病を得たことに気付いているのかも知れない。

「心配してくれるの？　ありがとう。あなたは本当に優しい子ね」

エルネスタは狼の頭と顎を両手で撫でさすってやった。ぐるぐると喉が鳴ったのが聞こえて来て、彼もまた気待ちがいいのだと知る。

柔らかな光を宿した鳶色《とびいろ》を見つめていると、不意に故郷のことを思い出してしまった。先程の悪夢のせいもあって、今まであえて考えないようにしてきた事が一気に押し寄せてくる。

イゾルテの病状はどうなっただろうか。エンゲバーグは薬師を手配したと言ってくれたけど、今頃到着しているだろうか。ブルーノとコンラートには随分心配をかけてしまっているが、変わりなく過ごしているだろうか。

不意に視界が滲んで、エルネスタは銀色の毛並みに頬を寄せた。

考えてはいけない。信じるのだ。エンゲバーグがきっと最高の薬師を連れてきてくれる。イゾルテも頑張っている。ブルーノとコンラートも、献身的に支えてくれる。

そう信じて待ちながら、この役目を精一杯務めるだけ。エルネスタにできる事はそれくらいなのだから。

＊

その日の夕刻。イヴァンが執務室で仕事をこなしていると、辣腕宰相が訪ねてきた。

「陛下。お忙しいところを申し訳ありませんが、追加分です」

ヨハンはいつもの淡々とした口調でそう述べると、持っていた羊皮紙の束を文机に積み上げた。

イヴァンは午前中はエルネスタに付きっきりだったので、その分の仕事が溜まっているのだ。この宰相もまた現状をよく知っている筈なのだが、容赦のない采配ぶりはいつものことである。

呆《あき》れるほどに頼もしい。国王相手だろうが表裏のないこの男には、幼少の頃から随分と救われてきた。

「ヨハン。聞きたいことがある」

いつになく真剣な様子の主に、ヨハンは眼鏡を直してから姿勢を正した。イヴァンは緊張感を帯びた水色の瞳を正面から見据えた。

「高貴な姫君は、自分の母をなんと呼ぶんだ」

さしもの宰相閣下も、あまりに突拍子も無い問いに面食らったらしい。訳がわからないとばかりに口を開けた友人兼臣下に対して、イヴァンは更に言い募った。

「客観的な意見が聞きたい。何も考えずに答えてくれればそれでいい」

「はあ……。よくわかりませんが……大方、母上とか、お母様あたりじゃないですか。それがどうなさったんです」

ヨハンは答えつつも怪訝《けげん》そうな表情を隠しもしない。しかしイヴァンはといえば、ある疑惑が形を成していくのを感じていた。

『…めんなさ……ごめんなさい……！　助け…れなくて……嫌だ……母さん』

悲痛な寝言を口にしながら、丸くなってうなされるエルメンガルトの姿が脳裏に浮かぶ。

当然だが高貴な姫君は母さんという呼称は使わない。それに、助けられなかったとはどういう意味だ。ブラル帝国の現皇后は存命だし、事故にあったとか病気になったとか、そんな話もとんと聞いたためしがない。

おそらく、彼女は何かしらの事情を抱えている。

それは確信に満ちた答えだった。その事情が何であるかはわからないが、言い知れぬものがあるのは間違いない。

「これは正式な仕事だ。ブラル帝国の帝室について調べてくれ」

ヨハンはその一言でさっと表情を引き締めた。

「まさか王妃様が、何か不可解な言動をなさったと？」

不自然な文脈から話を読み取る力は流石としか言いようがない。イヴァンが沈黙を答えにすると、ヨハンは見る間に青ざめてしまった。

「でしたらこうしている場合ではありません。御身の安全が第一なのですから、こちらが悟った事を気取られぬよう、なるべく距離を置くように致しましょう。理由付けならば私が考えますので」

「いや、いい。俺はこのまま暮らす」

「なっ……」

にべもなく進言を遮られ、ヨハンは眉を釣り上げた。

「何をおっしゃるのです。正気の沙汰とは思えません！　貴方様はもっと御身を大事になさるべきです！」

ものすごい剣幕の割に小声なのは、かなりの重要機密だと理解してのことだろう。対するイヴァンは自分でも意外なほどに冷静で、湖畔のように凪《な》いだ胸中のまま顔を赤くした友人を見つめ返した。

「許せ。俺は、あの姫君を知らなければならない気がするんだ」

イヴァンが勘とでも言うべきものを頼りにするのは、とてつもなく珍しいことだった。

まさかとばかりに目を見開いたヨハンは、やがて観念したように溜息をつく。

「……わかりました、調べて差し上げます。私の苦労をわかっているんでしょうね、イヴァン」

近頃は見られなくなった無礼とも取れる態度が、イヴァンには嬉しかった。

昔はこんな風にもっと親しく話をしていたのに、そうしなくなったのが自分のせいだという自覚はあった。常に張り詰めた君主と相対した臣下達は、その糸を揺らすまいとさぞ気を遣ったことだろう。

「頼んだぞ」

「ご勅命光栄にございます。まったく、相変わらずの無鉄砲ですね。貴方は国王なんですよ？　替えの利かない唯一無二の存在なんですよ？　皆が貴方を尊敬し、ご心配申し上げているのです！もし貴方に何かあれば――」

よほど怒髪天をついたのか、ヨハンの小言は留まるところを知らない。しかし説教に晒されるイヴァンは、胸の内に住み着いた考えに気を取られて半分ほどしか聞いていなかった。

これからはあの姫君と話をしてみたい。そう自分は、人というものをまだまだ知らないのだから。

長年に亘って築き上げた壁を取り払ってそう思わせるものは、一体なんなのだろうか。

＊

鍛冶屋北極星を旅の薬師が訪ねてきたのは、一週間ほど前のことだった。

国境の街道沿いの町とはいえ、若い女性が一人旅とは珍しい。ブルーノからの紹介を受けて、イゾルテは内心首をひねる。

元学者の聡明《そうめい》な頭脳が警鐘を鳴らしていたが、実際のところ腕は確かなようだったので、大人しく渡された薬を飲むことにした。

するとどうだろう。日を追うごとに体調が回復していったのだ。

「……信じられない」

八日目の朝、イゾルテは床を踏みしめる自らの足を眺めながらポツリとつぶやいた。

本当に信じられない。一応は一通りの学問を修め、薬草学にも秀でる自分が、街の薬師と研究を重ねても駄目だった。その病をわずか一週間で治してしまうだなんて。

いっそのこと嫉妬心すら巻き起こる神業だ。どんな魔法を以《もっ》てすれば、このようなことが可能になる？

いや、違う。これは最新技術の賜物《たまもの》だ。あの薬師は只者《ただもの》じゃない。

イゾルテは神は信じても魔法は信じていない。自らの知らない領域は、時に想像の範囲を超えた事象を巻き起こす。

確かめなくては。あの薬師が一体どこから来たのか。ブルーノはあれ程の実力者をどこから見つけて来たのか。

久しぶりに歩き出すと、筋肉がすっかり失われてしまって力が入らない。部屋の扉まで辿り着いたところで体力の限界を迎え、イゾルテはドアノブを掴んだまましゃがみこんだ。

嫌な予感がする。こんなに上手い話があるなら、世の中はもっと平和になっている筈だ。この奇跡のような現実の裏にあるものは。

脳裏に愛娘《まなむすめ》の顔が浮かんだ。不自然な時期に旅立って行った、優しい優しい最愛の娘。自己犠牲精神を過ぎるほどに持ち合わせたあの子なら、もしかして。

「……行かないと！」

それは勘でしかない思いつきだった。イゾルテは衝動に突き動かされるまま震える手でドアノブを押し、転がるように廊下に出る。

焦ったような気配が階下から発したのは、その時のことだった。

「イゾルテ⁉」

階段を駆け上がる足音がして、すぐに姿を現したのはブルーノだった。廊下に倒れこむ妻を見つけるなり顔を青ざめさせた彼は、慌てて痩せた体を抱き起こしてくれた。

「何してるんだ！　寝ていないと……！」

「ブルーノ！　エリーは、どこへ行ったの……⁉」

夫の焦り以上に平静を失ったイゾルテが、鍛冶屋の薄汚れたシャツに摑みかかる。震える手が病人とは思えないほどの力を宿しているのに気付いて、ブルーノはますます顔を白くした。

「北方だよ。染織の勉強だって、エリーも言っていただろう」

そう言って気まずそうに目をそらした夫は、相変わらず嘘が下手だった。イゾルテは怒りにも似た衝動を得て、白かったはずの顔を赤くして叫ぶ。

「本当のことを言って！　そうしないと、這ってでもここを出て行くわ！」

エルネスタの頑固さは母譲りだ。普段は温厚なイゾルテが出て行くなどと言うのは初めてのことで、だからこそ説得力があった。

ブルーノは観念したらしく、とにかくベッドに戻ってくれと呟いたのだった。

「……なんてこと」

ベッドに横たわったまま話を聞き終えたイゾルテは、重い溜息を吐いた。

自分への憤りと後悔が胸の内を支配していく。ここまでの事を娘にさせておいて、何が親だというのか。

「すまない。俺が止めるべきだったのに」

ブルーノの面持ちは沈痛だった。おそらくこの夫もまた、自身と同じような気持ちを抱いている事だろう。

「想像はつくわ。エリーは言い出したら聞かないけど、それ以上に気風のようなものを備えているもの」

「気風？」

「そう。帝室の一員として受け継いだとしか言いようがない、不思議な力」

エルネスタは生まれた時からイゾルテが育ててきた。幼い頃からどこか遠慮がちだった娘は、いざという時に存在感を発揮したものだ。

「今の皇帝は凡才だけど、エリーのお爺様《じいさま》……先代皇帝はそれはそれは名君だった。その才を引き継いだとしか思えないくらい、あの子の言動には人を動かす力がある」

「確かに、そうだな。エリーは昔から人と打ち解けるのが上手だった」

いつも朗らかなエルネスタは、北極星の看板娘として評判だった。

コンラートをいじめていた悪童《あくどう》を、言葉だけで説き伏せたこともあった。店の苦情対応もお手の物だし、正しいと思った事は絶対に曲げない。誰かのためならば、という条件つきだったけれど。

「だから、心配だったの。いつかこんなことがあるんじゃないかって。誰かのために、危険な道を行こうとするんじゃないかって……」

宮殿から逃げ延びてこの街に連れてきて、自由な人生を歩ませてやれると思った。

けれど出自の秘密を伝えた瞬間から、愛娘との間に薄い壁が生まれた。

言わなければよかったのか。しかし帝室から逃げ切ったと思っていたのに、実際は居場所を知られていて、こうして使者が来てしまった。もし伝えていなかったらエルネスタをどれほど傷付ける事になったのだろう。

イゾルテはいろいろなことを考えながら娘を育てた。万が一皇帝に呼び戻された事を想定して、言葉遣いや立ち居振る舞いも、町娘として違和感のない程度に丁寧なものへ。体力をつけさせて、薬の調合の腕を磨いて、どんな困難も乗り越えていけるように。

そしてブルーノと二人、ありったけの愛情を注いだ。

杞憂《きゆう》で終わって欲しかった。あの子が幸せに、平穏な毎日を過ごせるならそれでよかった。

エルネスタは親のひいき目に見ても素直で可愛《かわい》い娘に育ってくれたが、その大部分は彼女の努力によるものだと知っている。

どれほど自分を顧みない子なのか、知っていたのに。

「どうしよう、ブルーノ。あの子が帰ってこなかったら。まだ、何もしてあげられていないのに……！」

病に疲弊した心が弱音を吐き出す。

今エルネスタはどうしているだろうか。辛《つら》い目にあってはいないだろうか。考えれば考えるほど嫌な想像が頭をもたげ、イゾルテは目を細めて衝動に耐えた。

すると鍛冶で硬くなった掌《てのひら》が両目を覆って、視界が暗闇に閉ざされてしまった。

「……帰ってくる。期限を過ぎても帰ってこなければ、俺が迎えに行くよ。だから今は、もう少し寝ていなさい」

ブルーノの表情はもう見えなかったが、彼が渋面を作っているであろうことは容易に想像がついた。

夫婦が共有する後悔と自己嫌悪は果てがない。イゾルテはせめて夫に小さな安堵をもたらすため、眠気に従って目を閉じた。

吾輩《わがはい》は狼《おおかみ》である　その2

おっす、ミコラーシュだ！　皆《みんな》元気にしてたか？

近頃の俺はすこぶる機嫌が良《い》い。何故《なぜ》かって？　それは……。

「あっ、ミコラ！　おいでおいで！」

このエルメンガルト王妃と仲が良いからだ。

彼女は寝台に伏せってはいるものの、腕を広げて手招きしている。俺は遠慮なく歩いて行って、花の顔に頬を寄せた。

「わ、くすぐったいわよ。もうミコラってば、ふふ！」

エリー（イヴァンがそう呼ぶことになったので俺も勝手にそう呼んでる）は嬉《うれ》しそうに笑って、俺の頭をかき混ぜた。どうやら彼女は自慢の毛並みがお気に召したようで、出会うといつも頭を撫《な》でてくれる。

ちょっと変わってるけど、いい子だよな。風邪が治ってきて良かったよ。ものすごく苦しそうだったから、本当に心配したんだぜ。

「ねえミコラ、あなたは人狼族《じんろうぞく》のみんなとなら話せるんでしょう」

俺はこの九年の間に、ひとの言葉をすっかり理解してしまっている。

かと言って喋《しゃべ》れるわけじゃないけど。俺の言葉は人狼族には伝わっても、人間のエリーには届かない。あんたと会話ができないのはちょっと残念だよな。

「いいなあ。どんな感じがするのかしら。あなたと話せるなんて、私みんなが羨ましい」

前言撤回。ちょっとじゃなくて、すごく残念だ。

切なげに微笑《ほほえ》むエリーを前に、俺は尻尾を下げた。すると彼女はすぐにそれに気付いて、顎の下も撫でてくれる。

「ああごめんごめん、苦しいわけじゃないの。今度通訳してもらおうかな」

大丈夫、ちゃんとわかってるよ。

実は俺さ、イヴァンに頼まれてるんだ。風邪で伏せっている間は気にかけてやってくれって。

でもな、もともと面倒見てやろうと思ってたんだ。イヴァンの嫁なんだから、俺の妹分みたいなもんだろ？　早く元気になりなよ。そしたら一緒に遊ぼうぜ。

その時、ノックの音が室内に響いた。エリーの返事を待って入室してきたのは、何を隠そう俺の相棒だった。

「よう、イヴァン。見舞いに来たのかよ！」

俺は思わずイヴァンに語りかけたんだが、こいつは今は人間の姿だから意味が通じないんだったな。けどイヴァンは不思議な奴《やつ》で、なんとなく俺の言っていることを理解している節がある。わしりと頭を撫でる手のひらは、労《ねぎら》いの気持ちに満ちているような気がした。

「エリー、調子はどうだ？」

相変わらずこいつは仏頂面だなあ。自分の嫁にくらい愛想良くできないのかよ？

「あ……え、えっと、うん。だいぶ熱は下がって来たみたい。ありがとう、イヴァン」

エリーの方は真っ赤だな。多分敬語なしの名前呼びが恥ずかしいんだろうな。可愛《かわい》いよな。

「あの、前にも言ったけど、風邪が移っちゃうわ。あんまり来ない方がいいと思う」

「移るならもう移っている。体は丈夫だから気にするな」

そう言いつつ、イヴァンは果物が載った籠を差し出した。

さっきから気になってはいたんだが、本当にプレゼントだったのか。案外やるじゃん。

「好きに食べるといい」

いやお前言い方！　もうちょっとマシな言い方あるだろうが、この朴念仁！　稀《まれ》に見る美形のくせしてその不器用ぶりはなんなんだよ⁉

そもそも、これはイヴァンが直々に採ってきた果物なんだぜ。そういうことをさらっと伝えりゃ、会話だって広がるのにな。ほんと不器用なやつだよ。

ああそうか、こいつ照れてやがるな……よく見ると耳が赤くなってる。イヴァンのこの特徴は、それなりに親しくならないと気付けないものなんだ。

「ありがとう！」

それにしてもエリーのこの嬉しそうな顔ときたら。

ほんと、いい子だよな。他者の思《おも》い遣《や》りをきちんと受け取れる子だ。貰《もら》うものの貴賤《きせん》関係なしに、贈り主の心を喜んでくれる。

まあ、好きだから喜んでんのかもしんないけどな。果物か、イヴァンのどっちかが。どっちもかねえ。

「美味《おい》しそう。すごく立派な果物ね」

エリーはアプリコットをひとつ手にとって香りを楽しんでいる。俺の鼻にも近づけてきたけど、狼の鼻には匂いがきつすぎたので顔を背けたら、ごめんと言って笑ってくれた。

なあイヴァン、狼を見た人間は、悲鳴をあげるか狩ろうとするかのどっちかなんだ。話しかけてくるだなんてそんな子なかなかいないんだよ。

この子を手放したら駄目だぜ。わかってんのか？

「後でダシャに剝《む》いてもらうわ。楽しみにしておくわね」

「ああ。栄養をとって、早く治せよ」

その時、俺は仰天することになった。ずっと笑顔なんて忘れちまってたような男が、薄く微笑んでたんだからな。

なんだよ。こいつら、思ってたより仲良いじゃねえか。イヴァンは人間を信用してないから心配したけど、とり越し苦労だったたって事か。

あーあ、見つめ合っちゃってまあ。夫婦喧嘩《げんか》は犬も食わないって言うけど、仲良し夫婦は狼だって食いやしないぜ。

第三章　イヴァンについて

建国祭から一週間目の夜になって、エルネスタはようやく調子を取り戻していた。

身代わりの役目もちょうど折り返し地点を迎えたことになる。文机《ふづくえ》に向かって溜《た》まった分の日記を書き終えたエルネスタは、表紙を閉じるなり溜息《ためいき》を吐《つ》いた。

改めて記してみて、とんでもない事をしたと実感したのだ。揉《も》め事《ごと》を起こしたり倒れたりもそうだが、まさかイヴァンに愛称を明かしてしまうとは。

自分がここまで愚かだとは思わなかった。自らの横っ面を張ってやりたい気分だ。

エルネスタというのはイゾルテが付けてくれた名前なのだが、幸いなのはエルメンガルトにとっても違和感の無い渾名《あだな》だったことか。

しかしだからと言って許されるものでもない。エルメンガルトと入れ替わった後、知らない愛称で呼ばれたら彼女はどう思うだろうか。

エルネスタは暗い想像に項垂《うなだ》れた。羞恥との戦いと泥のような反省にたっぷり時間を使い、何とか気を持ち直して顔を上げる。

少し散歩でもして体を慣らしておこう。今後はこんな失敗がないように、出来ることは全てやっておかなければ。

決意も新たにしたエルネスタは、首を横に振って部屋を後にした。建国祭で大変なことをしでかして以来、自室を出るのは初めてなので恐る恐る歩き始める。

公衆の面前で倒れるなど、さぞ貧弱な王妃だと思われたことだろう。そもそも本当に剣舞は成功していたのだろうか。喧嘩《けんか》までしてしまったし、生意気とか、やっぱり人間なんかとは仲良くできないとか、そんな印象を与えていたらどうしよう。

しかしエルネスタの予想に反して、すれ違う人狼族《じんろうぞく》たちは今までの壁が嘘《うそ》のように友好的だった。

体調を心配する声をかけられたと思ったら今度はまた別の者に捕まり、話し終えたと思ったらまた男女問わずに話しかけられる。

まさかここまで好意的な反応が返ってくるとは思いもせず、エルネスタは目を回しそうになった。

「ああ王妃様、体調はもうよろしいのですか？　よろしゅうございましたな」

「ええ、今日になってずいぶん良くなったわ。ありがとう」

もうこれで何人目だろうか。壮年の文官は安堵《あんど》したように頷《うなず》いて去って行った。嬉《うれ》しいけれど少し照れくさいし、急な変化に戸惑う気持ちも大きい。

疲労感を募らせる結果となった散歩を終え、エルネスタは自室の取っ手に手を掛ける。扉を開ける前に背後から声を掛けてきたのは、見覚えのある侍女二人だった。

「あなた達《たち》は……」

エルネスタよりやや歳上《としうえ》と見える彼女らは、気まずそうに視線を彷徨《さまよ》わせている。

そう確か、以前ミコラーシュと散歩をしている時に世間話をしていた二人だ。その内容は美貌の国王に対しての憧れと人間の王妃に関する陰口で、エルネスタは思わず隠れてしまったものだ。

なんだろう、ついに直接苦言を呈しに来たのだろうか。エルネスタは身構えたが、放たれた言葉は予想を大きく外れていた。

「あ、あの……！　剣舞、とても素敵でした！」

「是非、また拝見したく存じます！」

顔を真っ赤にして叫んだと思ったら、二人の侍女は脱兎《だっと》のごとく走り去っていった。

後に残されたエルネスタは呆然《ぼうぜん》とするしかない。何が何だかわからないが、彼らもまた歩み寄ろうという気持ちを持ち始めてくれたのなら、何より嬉しいことだと思う。

部屋に戻るとすぐにルージェナが訪ねてきたので、エルネスタは安堵を覚えてそっと息を吐いた。

「お元気そうでようございました。本日からは主寝室でお休みになられますか」

しかし早速の台詞《せりふ》は、由々しき問題を思い起こさせるものだった。

全身の血が下がっていく。色々あってすっかり忘れていたが、この事について考えなければならなかったのだ。

そう、「いかにして初夜を延期するのか」という大問題。

今まで何もなかったのだから今日も同じかもしれないが、その保証はどこにもない。再びイヴァンと眠る事を考えると、どうしても緊張してしまう。

「え……ええっと……」

つい口ごもってしまったのを、察しのいい侍女長は見逃さなかった。

「どうなさいました。まさか」

しまったと思った時にはすでに遅く、ルージェナはいつになく視線を厳しくしていた。エルネスタは続く言葉を想像して身を固めたが、それは杞憂《きゆう》に終わった。

「まさか、陛下に何か酷《ひど》い事をされたのですか」

ルージェナが切羽詰まった形相で詰め寄ってくる。

全く予想外の反応に固まりかけて、しかしこれはこれでまずいと考え直したエルネスタは、慌てて首を横に振った。

「そ、そんなわけないわ！　陛下に限ってそんなこと」

「誠でございますか。このルージェナに気を遣う必要はないのですよ」

「本当です！　お願いだから信じて！」

エルネスタは鋼鉄の侍女長の鋭い視線に耐えた。そのまま見つめ合ってしばらく、溜息をついたルージェナによって、やけに張り詰めた時間は終わりを迎えた。

「左様でございますか……それならば良うございましたわ。時に王妃様は、陛下の事をどう思っておられるのですか」

予告なしで衝撃の質問を投げつけられたエルネスタは、思わず絨毯《じゅうたん》に蹴躓《けつまず》いてしまった。

「ど、どうって、どういうこと？」

「恐れながら、陛下をお慕いしておられるのかということです」

真顔での追及に、エルネスタは動揺しきりだった。

こういう話は嫌いじゃないけれど、今回は状況が悪すぎる。ルージェナ相手ではボロが出ないように立ち回るのが精一杯だし、イヴァンの事は個人的な感情論で語るわけにはいかない。何せエルネスタは身代わりなのだ。

「そうね、素敵な方だわ」

なるべく客観的に答えを述べたら、鋼鉄の侍女長はすっと目を細めた。

「それだけですか？　最近は随分と打ち解けていらっしゃるようにお見受けしましたが」

エルネスタは視線を左右に彷徨わせた。確かにイヴァンは寝込んでいる間よく見舞いに来てくれたのだが、別段どうということもない。冷え切った関係から普通に会話をする関係になった、ただそれだけのことなのだ。

「ええ。良くして頂いているし、感謝しているわ」

できる限りの神経を顔に総動員して微笑《ほほえ》んだお陰か、ルージェナはひとまず追及を諦めたようだった。

「左様でございますか。あの陛下もついに安らげる場所を得られたかと喜んでいたのですが」

エルネスタはルージェナの言い回しに引っ掛かりを覚えた。あの陛下、の部分には一体どんな感情が込められているのだろう。

「ねえ、ルージェナは陛下をどんな方だと思ってる？」

かの国王陛下のひととなりを全て理解したつもりなどない。しかし、ここで三週間の時を過ごして知ったのは、彼が不器用な優しさを持ち合わせているということだった。

「ご立派な賢君であらせられます。今の平和も、全ては陛下のお陰なのですから。私達は皆《みんな》、陛下を尊敬していますわ」

ルージェナの反応は思ったよりもずっと敬愛に満ちていて、エルネスタは胸が温かくなるのを感じた。

シェンカの国王は悪鬼の如《ごと》き強さと冷酷な心の持ち主。ルージェナもまた諸外国での評判を知っているのだろうが、彼女自身は全く逆の印象を抱いていることが伝わってくる。

「国外で悪いお噂《うわさ》が流れているのは想像がつきます。陛下の政策のいくつかは、冷酷と取られても仕方のないものでしたし、シェンカの派兵の憂き目に遭った国も多いですから。ですが、陛下のなさりようは全て国の為《ため》を思われてこそです」

ルージェナは優しい声で言葉を紡ぐ。それはイゾルテが息子のやんちゃを語る様子によく似ていた。

「私は、王妃様ならば陛下をお支えくださると思っております。お仕事だけではなく、陛下のお心こそをお支え頂きたいのです」

「買いかぶりすぎよ。私は大した者ではないわ」

「いいえ、そんな事はございません。私が申し上げているのですから」

無表情で言い切る様は、誇りと自信、そして若き国王を心配する優しさに溢《あふ》れていた。エルネスタはその力強さと切実さに何も言えなくなってしまう。

「これまでの陛下は、成人と同時に戦争にお出ましになり、終結後は直《す》ぐに先王様が崩御され、以来身を粉にして働いてこられました。古参の者ほど心配しております。陛下には果たして真の意味でお休みになれる場所があるのかと」

ルージェナは淡々と語るが、その言葉の端々には苦い思いが浮かび上がっていた。

「……差し出がましいことを申しました。どうぞ、老婆心からのご進言とご理解ください」

静かに頭を下げたルージェナだったが、彼女の誠実な親愛の情によって、エルネスタはひそかに胸をえぐり取られていた。

本当に罪深いことをしている。この嘘を許すものなど、きっとどこにも居はしないだろう。


エルネスタが主寝室に入ると、まずはミコラーシュが寛《くつろ》いでいるのが視界に飛び込んできた。彼は目を閉じラグの上に丸くなっていたが、耳だけは天を突いている。寝ているようで起きているのは、彼の相棒がまだ眠りについていないからだ。

視線を滑らせるとそのすぐ側《そば》の窓が開け放たれていて、奥に男の大きな背中があった。

イヴァンはいつもの丈長の灰色の寝間着に、毛織物のストールを羽織ってバルコニーに立っていた。室内のランプが彼の後ろ姿を茫洋《ぼうよう》と照らし出し、その上では白く輝く月が優しい光を落としている。

エルネスタはほんの一瞬だけ声をかけるのを躊躇《ためら》ってしまった。一枚の絵のようなその光景を壊したくなかったと言えば聞こえが良《い》いが、それよりも強く感じたことがあったからだ。

——どうしてそんなに、悲しそうなの？

「風邪はもう良いのか」

不意に声をかけられて、エルネスタは肩を震わせた。こちらを振り向いたイヴァンの表情はいつもと何ら変わりない。

「もうすっかり元気になりました。心配かけてごめんなさい」

「そうか、良かった」

「イヴァン、は……何を、していたの？」

未《いま》だにぎこちなく己の名を呼ぶ妻に、イヴァンは目を細めたようだった。

「天体観測だ」

まさかその単語が出てくるとは思っていなかったので、心の中で驚いてしまった。

バルコニーに出てイヴァンの隣に立つ。辺りはインクを落としたように黒一色に染め上げられ、空だけが無数の星を瞬《またた》かせていた。夏とは言え夜になると熱気は消え、心地のいい風が頬を撫《な》でていく。

「と言っても、見ているだけだ。詳しいわけじゃない」

「そう……イヴァンは、星が好きなの？」

「ああ、そうだな。星それ自体が好きというより、星を眺めるのが好きなんだ」

私も好きなの、奇遇ね。エルネスタは喉元まで出かかった言葉をすんでの所で押《お》し留《とど》めた。

そんな事を言ってはいけない。今の自分はエルメンガルトなのだから、勝手に好き嫌いを語るわけにはいかないのだ。

「そうだったのね。どうして？」

「昔ある人間に教えられた。苦しい時は星を数えるのがいいと」

エルネスタは両目を大きく見開いた。イゾルテの様な事を言う人物が他にもいたとは。

「そうして見上げた星空は綺麗《きれい》だった。その時の俺は、生きてきた中で最も人間との関わりを諦めようとしていた時期でな。それなのにその人に窮地を救われ、折れかけた心も繋《つな》がれてしまった」

静かに語る横顔が、冴《さ》え渡《わた》る夜空へと向けられた。

イヴァンは今その人物について思いを馳《は》せているのだろう。意志の強い瞳がさらなる熱を宿す様は眩《まぶ》しいばかりで、エルネスタは目を細めてその輪郭を見つめた。

「恩人というやつだな。それ以来、興味なんてなかったはずの星を眺めるようになった。あの者がいなければ俺は死んでいたかもしれないし、同盟は結ばれなかっただろう」

横顔が示す柔らかい微笑みに、何故《なぜ》だかやけに胸が痛んだ。恩人と称したその人間に向ける感情は温かく、きっとエルネスタなど比べるべくもないほど大きな存在なのだろう。

だからといって悲しむ必要など無いはずだ。こうして大事な話を打ち明けてくれるようになった。それ以上何を望むことがあるというのか。

その人物がどんな人で、どんな思い出があるのか聞きたかったが、そう願うのと同じくらい聞くのが怖い。

エルネスタが黙り込んでしまったのをどう思ったのか、彼は羽織っていたストールを肩へと着せ掛けてくれた。

「冷やすとぶり返すぞ。戻ろう」

ほら、やっぱり優しい。

エルネスタは堪《たま》らなくなって顔を伏せた。掛けてもらったストールの裾を握りしめ、小さく首を横に振る。

「……今日は、どうして星を見ていたの？」

勇気を出して口にした問いは、今選ぶには随分と核心を突いていた。

そう、彼は言った。「苦しい時は星を数えるのがいいと教えられた」のだと。

苦しみを打ち明けて欲しいだなんて、図々《ずうずう》しい質問を投げかけている自覚はあった。それでもエルネスタは知りたかったのだ。

「やはり君は聡《さと》い」

イヴァンは怒るどころか、苦笑じみたものすら浮かべていた。

「九年前のこの日、友が死んだ」

エルネスタは息を止めた。さらりと告げられた言葉に、どれ程の悲しみが乗せられていたのか解《わか》ってしまったから。

「そんな話、聞きたくないだろう」

「いいえ、聞きたいわ。話すのが嫌じゃなければ」

「……そうか。それなら付き合ってもらおうか」

イヴァンは昔を懐かしむように目を細めた。覆い尽くすような星空の下、低い声が過去を紡ぎ始める。

＊

イヴァンが初めて戦に出たのは十四歳の頃、成人と時を同じくしての事だった。

人狼族の男子は生まれながらの戦士である。誇り高くあれと教えられて育った同胞は勇猛果敢で、故国の安寧を胸に戦いへと身を投じる。

当時のシェンカは南方に国境を接するリュートラビアと事を構えており、人狼族の個の力と人間の数の力によって、戦況は膠着《こうちゃく》状態にあった。

シェンカの民はウルバーシェク王家に絶対の忠誠を誓っている。かといって力の無いものは一人前とみなされず、イヴァンの様な若造は戦場に居場所を作るところから始めなければならない。

まずは初陣で戦果を上げる事を目標に掲げた。今イヴァンの隣にはヨハン・オルジフ・スレザークと、もう一人の幼《おさな》馴染《なじみ》であるテオドル・シモン・ザヴェスキーがいる。

三人は揃《そろ》って人狼の姿になり、枯れた草木に身を隠しつつ荒野に立っていた。この時はまだ英雄の称号を持たないため、身に纏《まと》うのは砂に溶け込むような茶色のチョハと防具だ。

後ろには人狼族の十の戦士。これは別働隊であり、人間ならばごく小さな規模といえたが、人狼族である彼らはひとりが人間数十人分の力を誇る強者だ。多大な戦力と幼馴染二人の気力は、揃えば無敵とすら思える心強さがあった。

「おいテオ、お前、今更怖気付《おじけづ》いたなんて言わないだろう？」

イヴァンは首を鳴らしながら、遠くに押し寄せる敵影を木立の隙間から見据えていた。テオドルは赤銅色の毛並みの顔を硬くしていたが、幼馴染の挑発に奮起したらしい。

「んなわけあるか！　イヴァン、お前見とけよ、ぜってえ俺の方が先に大将首取ってきてやるからな！」

真紅の瞳に苛烈な輝きを宿した親友を前に、イヴァンは鼻で笑って見せた。

「俺が取るに決まっているだろう。あまり夢を見過ぎない方がいいんじゃないのか」

「おうおう言ってくれるじゃないの王子様、ちょっと腕が立つからって調子に乗りやがって。そのお綺麗な面に傷をこさえねぇようせいぜい気をつけるんだなぁ！」

チンピラさながらの態度で王子に接するこの男も、れっきとした貴族の子弟である。イヴァンはヨハンとテオドルとともに育ったと言っても過言ではなく、この気安い会話もその絆《きずな》の賜物《たまもの》なのだ。

「ああもう、やかましいですよ二人とも！　殿下は指揮官なんですから、それくらいにしてくださ い！」

ヨハンの一喝が響き、二人の少年は諍《いさか》いを止《や》めた。その目が向けられたのは友人ではなく遠方の敵で、既に彼らの心中は戦へと向かっている事を伝えていた。

「まったく。最初からそれくらい集中してくれたらいいんですけどね」

友人の嘆息を耳に挟みつつ、イヴァンは腰に差した剣を引き抜いた。ヨハンは双刀を手にし、テオドルも幅広の剣を抜刀する。

遠くから鬨《とき》の声《こえ》が上がった。今頃は国王とシルヴェストル・クデラ将軍の率いる本隊が、正面から敵の陣形を打ち崩している筈《はず》だ。

一つも恐れる気持ちが湧いてこないのは、自らが誇り高き人狼の戦士だから。

イヴァンは木立の隙間から身を躍らせると、前方へ大きく剣を振り下ろし、地面と平行になったところでピタリと止めた。それはなんら恥じるところのない、一人前の戦士そのものの姿だった。

「全軍前進！　敵を背後から突き崩す！」

人狼たちは一斉に遮蔽物から打って出た。裂けた口で鬨《とき》の声を上げ、全員で敵兵の背後から飛びかかっていく。

奴《やつ》らは二千の大軍だ。普通なら音を上げるような状況も、信頼する友とならば何とかなるような気がしてくる。

それは初陣にしては厳しすぎる戦いの火蓋が切られた瞬間だった。

凄《すさ》まじいまでの劣勢を撥《は》ね除《の》け、イヴァンは初陣を勝利で飾った。

首級を挙げたのはクデラ将軍だったものの、王子の率いた隊が多大なる働きをしたことは全軍に広まり、イヴァンは陣を歩けば気さくに声をかけられるようになっていた。

人狼族は一度戦に出れば故郷に帰るまでずっと人狼の姿で過ごす。陣地でもそれは同じで、天幕の側にいくつもの円陣を作った彼らは、狼の顔で歌ったり踊ったり、実に楽しそうに過ごしている。

「あっ、殿下！　聞きましたぜ、ものすっごい戦果をお上げになったって。この調子で頼みますよ！」

「おお、聞きしに勝る立派な王子様だなあ。こりゃ今後が楽しみだ」

どうやら二十歳前後のこの集団は、酒が入っているらしく焚《た》き火《び》の周りで浮かれている所だった。市井出身の兵士たちは皆気さくで荒っぽいが、その分話しやすく馴染《なじ》みやすい。

「もう既にガタイいいっすねえ。どれ、背比べしてくださいよ」

一人の人狼が立ち上がって肩を並べてきたので、イヴァンは口の端を上げて切り返してやった。

「良いのか、俺の方が高いぞ」

「言いますね。やってみなけりゃわかりませんよ！」

目の高さは判断に迷う程度に同じ。お互い反対方向を向いて背を合わせたところで、どっと場が沸いた。

「おいおいヤーミル、十四歳に負けてやんの！」

「はっはっは！　ほんと、頼もしい王子様だぜ！」

野太い笑い声が響いたと思ったら、腕を引かれてその場に胡座《あぐら》をかくことになった。シェンカの民は建国の祖を敬うが、王侯貴族と平民の垣根は低い。焼いた肉を受け取ったイヴァンは、気の置けない連中と束《つか》の間《ま》の休息を楽しむのだった。

「おお、イヴァンか！　よく来た！」

指揮官用天幕に入った途端、イヴァンは黒いチョハを纏った金色の人狼に手招きされた。

父親であるラドスラフ王は、同じ金髪と藍色の瞳を持ち、イヴァンがそのまま年齢を重ねたような風貌の男だ。しかし不思議と性格だけはあまり似ておらず、酒好きで豪放磊落《ごうほうらいらく》な気質を備えている。

指示を受けて絨毯に座すと、今度は杯を押し付けられてしまった。

「初陣を勝利で飾るとは、流石《さすが》は俺の息子だ。まあ飲め」

「……頂戴する。父上」

成人を迎えたばかりの王子はまだあまり酒に慣れていない。並々と注がれたワインを見て渋面を作る息子に、ラドスラフは豪快に笑った。

「無理しなくていい。ぶどう果汁飲むか？」

「いや、これを飲む。苦手だのと言ってはいられないからな」

初陣の祝いに果汁を飲まされては人狼の戦士の名が廃る。イヴァンは裂けた口を開け、お世辞にも美味《おい》しいとは思えない液体を喉の奥に流し込んだ。

「真面目だなお前は。まあ、飲んでるうちに慣れてくる。……さて、初陣はどうだった？」

「人間は数が多い上、俺たちを見下している。それが非常に面倒な事だというのがよくわかった」

短くも要点を射貫《いぬ》いた答えに、ラドスラフはまたしても吹き出した。

「ははは！　そうかそうか、それがわかったなら、中々の収穫だな」

ただこの国を滅ぼすために攻め入ってくる人間たち。彼らは当然話し合いをする気などなく、それが当然の権利であるかのように全てを奪おうとする。

「父上。貴方《あなた》は人間の国との国交を結ぼうとしているが、それは何故なんだ？」

イヴァンはまっすぐな瞳で父を見つめた。

仲がいいならそれに越した事はないと返ってきたのは戦が始まる前のことだ。今となってはそんな簡単な答えで納得できるような状況ではない。

「お前は人の国との関わりなど持つべきではないと思うか？」

「そうじゃない。ただ、それが可能だと思えないんだ」

ラドスラフは面白そうに顎を撫でた。しばし思案するように目を細め、杯を呷《あお》った上で問いかけてくる。

「では質問を変えよう。イヴァン、お前は王にとっての一番の罪を何と心得る」

予想外の問いに、イヴァンは狼《おおかみ》の鋭い目を見開いた。

国王がするべきではないとされている事は山程あり、習った全てを心に刻んである。これを踏まえて答えを出すならば。

「民を不幸にすることだ」

「……ふむ。シルヴェストルもルージェナも、随分よく教えていると見える」

ラドスラフは褒める言葉を口にした割に、どこか幼子を見るような柔らかい目をしていた。それが気に入らないイヴァンは、ついむっと口を尖《とが》らせてしまう。

「勿体《もったい》ぶるのはずるい。違うならそう言って欲しいものだ」

「いいや、お前はよくやっている。この答えは王の数だけ存在するだろうよ」

「では、父上は何と考える」

ラドスラフはここでまた杯を傾けた。そうして喉をたっぷり潤してから、力強い瞳で息子を見据えた。

「俺の考えはな、イヴァン。理想で物事を選び取ること、だ」

父の意図を十全に理解することができず、イヴァンは噛《か》みしめるように鸚鵡返《おうむがえ》しをした。

「理想で物事を、選び取ること……」

「そうだ。理想とは個人の感情に過ぎない。その理想が狂気ではない保証は、この世のどこにもないんだ」

ようやく話を摑《つか》むことができた瞬間、それがとても重い理《ことわり》であることに気付いて息を吞《の》んだ。

「国家とはその国に住む者、違う国に住む者、それら全ての認識のみによって成り立つだけの、確証のない存在だ。不確かなものは移ろいやすい。一見正義に見える理想ほど、危ういものはない」

静かに述べるラドスラフは、いつもの明るさと豪快さは鳴りを潜め、賢王そのものの堂々たる佇《たたず》まいをしていた。その言葉を汲み取《く》《と》って、イヴァンもまた考えを表し始める。

「つまり王たるもの、理想ではなく現状で物事を見定めよということか。その瞬間の最善策を打ち出し、国を少しでも良い方向に導けと」

「ああ、その通りだ。理解が早くて結構なことだな」

それは理想を否定しながらも、とてつもなく理想的な話だった。

そんなことを常にできる者がいたならば、もはや全てを超越した存在と言えるだろう。

だが、ラドスラフはこれを実践しようとしている。私的な空間では愛情深い父親でありながら、王としては冷酷無比であろうと努めている。だからこそ、この父王は賢君たり得るのだ。

「さてイヴァン、確かに今はリュートラビアと戦の真っ最中だ。だがしかし、それですべての国との国交を絶望視するのは、あまりにも早計だと考える。民族どころか種族が違うとしても、それを理由に視野を狭める事はすべきではない」

「……我が国は、資源に乏しい。狭い国土と痩せた土地は、自然の力の前には抗い難い。何より、全ての人間を敵に回した状態では、今後生き残る道はない」

「そうだ。ゆえに、俺は人と解り合うことを目指す。可能かどうかではない。やらねばならないんだ」

力強く言い切る父の姿に、イヴァンは己の浅見を恥じて目を伏せた。

どれほど知識を蓄え、どれほど見識を深めたつもりでも、遥《はる》か先を往く父の背中は未だに見えない。

果たして、自分などがこの王の後継者たり得るのだろうか。

「なあ、お前がまだ幼かった頃、吟遊詩人の父子《おやこ》を城に滞在させたことがあったな」

唐突な思い出話に嫌な記憶が蘇《よみがえ》ってきて、イヴァンは奥歯を嚙み締めた。

そう、確か六歳やそこらの頃、人間の吟遊詩人の息子と親しくなったのだ。

しかし庭で遊んでいた折、その子供が運悪く迷い込んだ猪《いのしし》に襲われかけた。そこでイヴァンは咄《とっ》嗟《さ》に人狼に変身して彼を守ったのだが、子供は素直で時に残酷だ。

彼は化け物だと悲鳴を上げ、逃げ去って行った。

今更そんな思い出話をして何になる。息子から抗議の視線を向けられたラドスラフは、しかし慈しむような笑みを浮かべていた。

「お前は人と関わるなとは言わなかった。あの経験を経て、今この状況にあってもそう考えることができたのなら、公正な目を養えている証拠だ」

ラドスラフは自信満々に頷いて見せる。

そうなのだろうか。父の言う通り、自分は成長を重ねることができているのだろうか。

「色々なものを見ろ、イヴァン。大丈夫だ。お前は俺などより良き王になる」


その夜は寝ずの番をすることになっていた。国王との会話を幼馴染二人に話したイヴァンは、夜空から視線を友人達へと滑らせる。黒い毛並みの人狼は決意を秘めた瞳でこちらを見据えていたが、赤銅色の方は何だか微妙な表情をしていた。

「難しくてよくわかんねえな。そうすりゃ食いもんが増えるって認識で間違いないか？」

相変わらずの理解力を晒《さら》すテオドルに、ヨハンは露骨に顔をしかめた。

「勉強を怠って剣術体術の稽古ばかりしているからそうなるんですよ」

「しゃあねえだろ、勉強嫌いなんだから。けどさ、まずは勝ちゃあいいんだろ。んでもって東西南北めがけて友達作りに行けばいいわけだ」

テオドルは子供のような事を言いながら、マントの端と端をかき合わせた。春の荒野の夜は凍《い》てつくようで、戦いに疲れた戦士たちの力を削《そ》ぐのにはちょうど良かった。

しかし彼は友人を肯定するために、なんら二心の無い笑みを浮かべている。

「それが叶《かな》うなら一番いいと思うぜ。ヨハンもそうだろ？」

「まあ、テオは簡略化しすぎですが……国王陛下のおっしゃることは非常に理にかなっています。人と解り合うなど難しいことこの上ありませんが、文官共々力を尽くす価値はあるでしょう」

淡々と語るヨハンもまた、年若い王子の目標を否定するつもりは無いようだ。

改めて思う。自分はなんて良い友を得たのであろうか。

「よっしゃ、俺たちがお前の剣と盾になってやる！　俺が剣で、ヨハンが盾だ！」

しかしテオドルがやたらとくさいことを言い出したので、つい半眼になってしまった。ヨハンもまた目を釣り上げたのだが、宰相候補の怒りの焦点はややずれていた。

「なんで私が盾なんですか」

「俺の方が強いし、剣の方がかっこいいからだ！」

「わかりました、あなた馬鹿なんですね。馬鹿のくせに私に喧嘩を売るとは命知らずもいいところですよ。私は基本的に頭脳労働をしますので、剣も盾も体力馬鹿のあなたが担って下さい」

「馬鹿馬鹿連呼すんじゃねえ！　てめヨハン、相変わらずノリの悪い奴だなお前は！」

二人は口論による角突き合いを始めてしまった。しょうもないことで言い争いになる辺りはまだまだ子供で、それはこの三人に共通して言えることだ。

ぽつりと礼を紡いだ声は口喧嘩にかき消されたが、イヴァンはひっそりとした微笑みを浮かべたのだった。


初陣から実に五年もの時が過ぎ去り、イヴァンは十九歳になっていた。

リュートラビアとの戦争はついに終盤を迎え、今に至るまで参加した戦闘の数すらわからない。

ただ一つ言えるのは、近頃はシェンカが優勢だということだ。

人狼の戦士は強い。騎兵どころか大砲にも全く引けを取らない闘いぶりは、いつしか世界中に轟《とどろ》き、諸国を恐れさせるに至っていた。

「ひっ……金色の、人狼！　まさか、イヴァン王子か⁉」

恐怖に顔を引きつらせた敵兵を一刀の下に屠《ほふ》る。数ばかり揃えた烏合《うごう》の衆は、斬っても斬っても湧くように現れる。

「悪鬼め……！　地獄に落ちろ！」

死の間際に至った男が呪詛《じゅそ》と血を同時に吐いた。呪いの言葉を浴びすぎて、もう何の感慨も抱かなくなってしまった。

――安心しろ、どうせ地獄行きだ。俺はこれだけの命を奪ったのだから。

太鼓の轟音《ごうおん》を聞き留めて、イヴァンはゆっくりと顔を上げた。今この場での戦いが終わろうとも、眼前にはあざ笑うかのように終わりのない戦場が広がっている。多くのものを背負うようになったイヴァンにとって、それは残酷な光景だった。

冷徹な無表情を崩さないまま、部下に向かって指示の声を飛ばす。イヴァンは剣に付いた赤を飛ばしてから鞘《さや》に収めると、自らも状況把握のために踵《きびす》を返した。


夜の闇が陣地を押し包んだ頃、イヴァンは一人近くの森へと入って行く。

自然は好きだ。王都ラシュトフカは山間の防衛都市で、少し歩けば森や田畑に辿《たど》り着《つ》く長閑《のどか》な場所。イヴァンは昔から自然と遊びながら育ったし、それはシェンカの民なら貴賤《きせん》の別なく同じ事である。

散歩に出た理由は何となくという他ない。湿った土を踏みしめながら、この国の今後について想《おも》いを馳せる。

今日も一人の戦士が命を落とした。この戦いはいつになったら終わる？　どうすれば彼らに平和を与えてやれる？

人狼族は狼と気心の知れた関係を築くことができるのに、人間とはそれができない。両方の姿になれる事は、そんなにも難しく罪深いことなのか。

その時、軋《きし》むような呻《うめ》き声を聞いた気がした。

イヴァンは足を止めて耳をそばだてる。人間の姿だと五感は人並みだが、人狼の姿なら遠くの音も聞き分けることが出来るのだ。

同時に漂う微《かす》かな血の香りに、何も考えないまま地面を蹴る。

走って辿り着いた先には銀色の狼が横たわっていた。人狼族かと思ったが、違う。これは本物の野生の狼だ。

「……人狼族か。どうしてこんなところに？」

「俺は人狼の戦士、イヴァンだ。近くに陣を張っている」

狼は背に怪我《けが》をしていて、苦しそうな息遣いで問うてきた。同じように狼の言葉で返すと、彼は安堵したように頷いたようだった。

「ああ、そうだったのか……お前らがこの森、守ってくれたんだな」

「そんなことより今はとにかく手当てだ」

イヴァンは腰に下げた携行袋から血止めの軟骨を取り出した。水筒から水をかけ、傷の具合が命に関わるものではないことを確認する。

「刀傷だな。誰にやられた？」

「人間さ。たまたま出くわしたんだが、武装してやがった。追い払ってやったけどな」

「何？　斥候がこの森にいたのか」

近頃のリュートラビア兵は、人狼族の鼻の良さを察して臭いを消す術《すべ》を心得ている。陣地は森と山に隠れた場所に定めたのだが、この分では既に敵に知られていると思った方が良さそうだ。

イヴァンは狼の傷に化膿《かのうど》止めを塗り込み、包帯を巻いたところで手当てを終えた。

「礼を言う、狼殿。お前のお陰で敵に裏をかかれずに済みそうだ」

「そりゃこっちの台詞だ、人狼の戦士。助かったぜ」

「歩けるならもう住処《すみか》に戻れ。家族を守ってやれ」

イヴァンは当然の事を言ったつもりだった。しかし狼は目を一度瞬くと、ゆっくりと首を横に振った。

「もう、いない。戦の中ではぐれたんだ。俺はひとりでここに住んでいる」

年若い狼は凛《りん》とした鳶色《とびいろ》の眼差《まなざ》しでそう告げた。

人間と人狼の争いの犠牲者が、今イヴァンの目の前にいた。

「いくつも森を焼かれて、その度に仲間が死んでいった。俺は群れじゃ若い方でね。ボスや女子供を逃がせるならなんだって良かった」

この狼は勇敢で、誇り高い心を持っているのだ。

彼がひとりきりで傷ついていたのは、元を正せば我々のせいだ。狼の住処にも戦を呼び込んでしまった。

「そうか」

イヴァンはそれだけ言って立ち上がった。本当は謝りたかったが、彼がそれを望んでいないことも解っていた。

「なら、共に来ないか。気の向く間だけでいい、食料くらいは分けてやれる」

だからせめて、この狼を孤独にしないための言葉を口にする。

「……いいのか？　戦争中は食料も貴重だろ」

「狩ればいい。俺たちは元来狩猟民族なんだ」

「は……それもそうか」

狼は銀色の毛を煌《きら》めかせて優雅に立ち上がった。痛むだろうに、その足取りには迷いも苦しみも感じられない。

「狼殿、名は?」

「そんなもんあるかよ」

「ならばお前はミコラーシュだ。良い名だろう」

「いいけどさ、どっから出てきたんだ? その名前」

怪訝《けげん》そうにこちらを見上げるミコラーシュに、イヴァンは大きく裂けた口で笑いかけてやった。

「先日、又従姉妹《またいとこ》が生まれてな。男だった時のために用意されていた名だ」

「おい! お前不採用の名前拾ってんじゃねーか! 絶対考えるの面倒くさかったんだろ!」

「目出度《めでた》くていいだろう。いい名なのにもったいないと思ったんだ」

「目出度くねえよ! おいイヴァン!」

やかましく吼《ほ》える狼を伴って森を出る。そして陣地に辿り着いたところで、同じくぶらついていたらしいテオドルと出くわした。人間の姿になっているのが不思議だったが、その疑問はすぐに解消された。

「テオか。こんな時間にどうした」

「彼女のとこ。どーだ、羨ましいか?」

テオドルはやけにすっきりとした笑みを浮かべて、両手を使って下品なハンドサインを決めて見せた。隣でミコラーシュが呆《あき》れ返《かえ》っているのが伝わってくる。

そういえばヨハンが言っていたか。近頃の奴には近隣の村に想う娘がいるらしい、と。

「そうか、良かったな」

「おおい！　そのそっけない反応はないだろ⁉　どんな子かとか聞かないのかよ！」

適当に相槌《あいづち》を打つと、テオドルは大袈裟《おおげさ》な程に食い下がってくる。イヴァンは溜息をついて、やかましい友人をまっすぐに見つめた。

「お前が手を出すぐらいだ、覚悟はあるんだろう。それなら俺から言うことは何もない」

「イヴァン……」

テオドルは赤い瞳を見開いて、感慨深いため息を吐いた。

「お前、本当にいい奴だな。今度彼女のこと紹介するわ」

「ああそうだな、俺の機嫌は取っておくといい。国王になったら婚姻届に判を押してやる」

「いつだよそれ。はは……！」

テオドルは心底面白そうに腹を抱えている。戦の重みを吹き飛ばすような笑顔につられて、イヴァンもまた珍しく声を上げて笑った。

「なあ、ところで気になってたんだけどさ。その狼、どうしたんだ？」

それから更に数週が過ぎた。

過酷な戦いの最中でも休憩時間というものは存在する。最後の決戦を控えて荒野に陣を張った戦士達は、一時の休息を求めて火の周りに集まっていた。

「殿下！　飲んでますかあ⁉　もーこれで帰れるんですよお！　兵糧余っても勿体無いんで、飲んでくださいよお！」

「ああそうだな。頂こう」

ヤーミルを始めとした戦士たちに絡まれたイヴァンは、それに応えて杯を思いっきり呷った。

途端に周囲が沸き返り、宴会は混沌《こんとん》の様相を呈し始める。

やんややんやと囃《はや》し立《た》てる兵士たちの間で、若き王子は瞬間的に後悔をしていた。どうやら飲みすぎたらしく、急激に視界が定まらなくなったのだ。

隣からミコラーシュが胡乱《うろん》げな眼差しを投げてくるのを感じる。明日に響くほどのものではないが、少々涼しいところに行きたい。

本能的な願望に駆られたイヴァンは、酒宴の輪をそっと抜け出した。上座には国王が座しているし、指揮官の一人がいなくなっても何ら支障はないだろう。

「おいおいイヴァン、大丈夫か」

「大丈夫だ……」

狼と歩いた先にはちょっとした池があった。水面《みなも》を渡る風が火照った頬に心地よく、草の擦れる音が耳に優しい。

イヴァンはどっかりと腰を下ろして、焦点の合わない視線を水面に映った満月に向けた。今日は誰もが人狼になる夜だが、ずっとこの姿を取っている我が身には関係のない話だ。

「ミコラ。お前はこんなところまで付いて来たんだな」

「そうなんだよな。お前、王子のくせに危なっかしかったからよ」

「よく言う。家族がいないって泣きべそかいてたのはお前だろう」

「泣きべそはかいてねえよふざけんな」

他愛もない会話を繰り広げていると、背後に二つの気配が発した。振り返るとそこには親友二人の姿があった。

「なんだ、来たのか」

「来たのかじゃないですよ、準主役のくせに。いなくなったっていうから捜しに来たんでしょうが」

ヨハンが不機嫌そうに言って隣に腰を下ろすと、そのさらに隣にテオドルもまた胡座をかいた。

「お前弱いもんな。そんなこったろうと思ったぜ」

「ミコラには肉を持って来ました。はい、どうぞ」

ヨハンはいつも通り淡々としていたが、実は誰よりもミコラーシュを可愛《かわい》がっていることに全員が気付いている。その証拠に、嬉しそうに肉を食《は》む狼を見る視線は、いつもとは比べものにならないほど優しい。

「ほれ、水。しっかり飲んどけよ」

「テオ、助かった」

イヴァンは水を受け取って、片手で鷲摑《わしづか》みにして一気に飲み干した。水滴が残るばかりになった杯の底には、もう満月は映っていない。

「せっかく来てもらって悪いが、俺はお前達に話すことなど何もないぞ」

なぜならばこれは最後ではないからだ。明日は厳しい戦いになるが、そんなのはいつものことで、今更特別視する必要などない。

二人はわかっているとばかりに笑った。大胆不敵で、それでいて気心の知れた笑顔だ。

「俺にもねーよ、気色わりい！　勝つだけだ、そうだろ？」

「ええ、その通りですね」

ミコラの鳴き声が後に続く。

流れる雲が満月を覆い隠す中、若者達は未来を信じた。


空気を裂く轟音に遅れて、砲弾が石の混じった砂を巻き上げた。

不明瞭な視界でも隣にテオドルの気配を感じる。しかし彼も赤銅色の毛並みを血に濡《ぬ》らしていて、刃こぼれした剣を持つ腕をだらりと垂れ下げていた。

イヴァンも似たようなものだ。さっきから左腕が嫌に痛むし、脇腹もなんとなくずきずきする。

敵の総大将の首級を挙げたと報告が上がったのはつい先程のこと。ここを撤退してしまえば終わり。そうすれば辛くもシェンカの勝利として終戦に向かうことができる。

それを解っているから、連中はせめて王子の首を取ろうと必死になっている。

ここでは死ねない。もしそうなれば形勢が拮抗《きっこう》し、また元の戦況に引き戻されてしまう。

イヴァンは鉛のような腕を振って目の前の敵兵を斬った。今までどれほどの敵を屠ってきたのか、それすらもわからない。

「イヴァン！　動けるんだろ⁉　先行け！」

土煙の向こうで闘志を失わない赤い瞳が燃えているのが見えた。その強い意志に背筋が冷えるような思いがして、イヴァンは剣を一閃《いっせん》しつつ怒鳴り返す。

「馬鹿言うな！　お前は本当に馬鹿だな！　その体でどれほどの時間持つんだ、かっこつけのつもりか⁉」

「馬鹿馬鹿連呼すんじゃねえ！　お前王子だろ、こういう時は部下にしんがり命じてさっさと行けえ！」

どこにそんな力がと思う程の勢いで体を押された。すると先程までいた場所に砲弾が降り注いで、友の姿を覆い隠してしまう。

「テオ！」

名を呼ぶ声に返事はなく、築かれた敵兵の亡骸《なきがら》と瓦礫《がれき》のせいで、慣れ親しんだ赤銅色を見つけることができない。

イヴァンは全身の血が足に降りていくのを感じた。蒼《あお》ざめていても腕は習い性のまま動き敵を殲《せん》滅《めつ》していったが、それは別人が操っているかのような感覚だった。

「テオ、おい！　ふざけているのか⁉　さっさと出てこい！　お前だって跡取りだろう⁉　返事をしろよ、テオドル！」

ミコラーシュが銀色の体軀《たいく》をしならせて現れたのはその時のことだった。

「イヴァン！　何してる！」

イヴァンは驚愕《きょうがく》でもって勇敢な戦士を迎えた。今までも戦場を駆けてくれたことはあったが、ここまでの激戦地に来るなんて危険すぎる。

「ミコラ、何故ここへ来た！」

「これを届けにきたんだよ！　ほら、新しい剣！」

ミコラーシュは背中に何本かの剣を携えていた。息のある者が集まって来て、礼を言いながら真新しいそれを手にする。

そうだ。王たるもの、理想で物事を選びとってはならない。

イヴァンは奥歯が折れそうな程に裂けた口を噛み締めると、あらん限りの大声で戦士達に檄《げき》を飛ばした。

「ここへ来て剣を取れ！　第四路を辿って撤退する！　しんがりはバジャント将軍だ！　諸君らも人狼の戦士たらんと欲するならば、這《は》ってでも俺についてこい！」

見慣れた笑顔がひょっこり現れることは終《つい》ぞなかった。イヴァンはいつのまにか陣地へと到着して、血相を変えて飛び出して来たシルヴェストルやヨハン達に迎えられることになる。

父は戦で負った傷が治らずに床についたままとなり、イヴァンは事実上の指導者となった。嘆く間もないまま戦後の混乱を処理し、そんな中でもテオドルの恋人を捜してみたが、見つかることはないまま時は過ぎる。

ラドスラフ王は一年後に崩御し、イヴァンは国王へと即位した。

その頃には体の弱かった母が体調を崩し、別邸での療養を余儀なくされていた。一人になったイヴァンがまず取り掛かったのは、各地に散った戦士を集め、王国軍を再編することだった。

人狼たちは傭兵業《ようへいぎょう》を生業《なりわい》としている者も多く、国内外の領主に雇われている場合が殆《ほとん》どだ。それを国で一括管理し、不当な扱いや給料未払いが起きないように目を配る。

シェンカが大した資源もないのに攻め込まれるのは、その武力そのものが諸国にとっては脅威だからだ。故に利害の一致した国と同盟を結び、条約で派兵を約束すれば、脅かされる可能性は格段に低くなる。

父が語り、友が助けてやると言った道を進むのは、イヴァンにとっては譲れないことだった。しかし一歩足を進める度に、身動きができないほどの棘《とげ》が心の臓に突き刺さっていく。

同胞を死地に送っているのは、紛れもない自分自身だったのだから。

即位後の勲章授与式には戦地で親しくなったヤーミルがいた。彼は王国軍の兵士になったお陰で以前より暮らしが楽になったと笑ったが、イヴァンの心は戒めを増すばかりだった。

かつて共に戦場を駆けた戦士はその数を減らしている。新たなる戦は今のところ起きてはいないが、これまでにあまりにも多くの血が流れすぎた。

誇り高き人狼の戦士たち。お前たちを殺したのは俺だ。そして己が剣で屠った魂も。

それなのにのうのうと生き存《なが》らえた分、全ての責は俺が背負い、地獄まで歩いて行こう。

理想は抱かず、望むのはこの国の安寧だけ。いつでも正しい判断を下せるなら、悪鬼になろうが構わないのに、俺は未だに心を殺すことができずにいる。

＊

「今日はテオドルと戦場ではぐれた日なんだ」

だいぶ噛み砕き、柔らかい表現を心がけたつもりだが、エルメンガルトにはきっと衝撃的な話だったことだろう。改めて見つめた深緑の瞳は案の定震えていて、イヴァンの胸中を後悔が覆った。

「悪かったな。こんな話、気分が悪くなっただろう」

残酷な部分は話さなかったとはいえ、か弱い女性の耳に入れるものではない。それくらいわかっていたのに。

嬉しかったのだ。彼女が話を聞きたいと言ってくれたことが。

「いいえ。話してくれて、嬉しかった」

イヴァンは瞠目《どうもく》した。可憐《かれん》な唇が紡ぐ力強い言葉が、現実のものだと信じられなかった。

この何の力も持たないはずの姫君は、いつも勇敢で誇り高く、人狼の戦士など霞《かす》んでしまうほどの生命力に満ちている。

そのしなやかな手で、おぞましい罪すらも許そうというのか。

「イヴァンは、自分は幸せになるべきじゃないって思っているの？」

静謐《せいひつ》な光を湛《たた》えた深緑に射貫かれて、イヴァンはほんの一瞬息を止めた。

彼女は目の前の男が何を思って、ここまでの偏屈者に成り下がったのか気付いている。過去は語っても心情面など話してはいないのに、本当に聡いことだ。

頷かなければならない筈なのに、どうしてもそれができない。果たしてこの心優しい妻は、側に幸せを拒む夫がいたとして、自らのみ幸せを手にすることなどできるのだろうか。

「そんなの悲しいわ。貴方はただ、目の前の困難を必死になって乗り越えて行っただけなのに。それを知っているから、誰も貴方の不幸なんて望んでいない。むしろ皆が望むのはこの国の安寧と……いいえ。それはきっと貴方も同じなのね」

エルメンガルトはいつしか俯《うつむ》いていた。ブルネットの睫《まつげ》が瞳を覆い隠し、そこに映す感情を読み取ることができない。

けれど、震えている。いつもは朗らかなはずの声が。細く頼りなげな肩が。

「けど、私……私からは、何も言えない。それが、こんなにも悔しい」

伏せられた目の端から、溢れた涙が滑り落ちていく。

その透き通るような美しさと、泣かせてしまったという事実に、胸が引き裂かれたように軋んだ。

彼女が「何も言えない」といったのは、人間である自らへの呪いの言葉か、それとも明かし得ぬ事情を思ってのことか。

イヴァンは衝動的な思いに突き動かされて手を伸ばしかけたが、縄を引かれたように動きが止まる。

この血塗られた手で、彼女に触れることが許されるのだろうか。

「貴方は、優しすぎるのよ。律儀者で義理堅くて、酷く自分を戒めてる。苦しくて、当たり前だわ……」

逡巡《しゅんじゅん》の間にも白い頬を透明な涙が伝って、幾筋もの軌跡を描いていく。

優しすぎる？　そんなことを言うのは君くらいなものだ。優しいのは君の方だろう。

小さな嗚咽《おえつ》を聞き留めた頭が、ついに自制を放棄した。腕を伸ばして肩を摑んで抱き寄せる。何の抵抗もなく腕の中に収まった体は、想像以上に細く頼りない。

この小さな体で国を渡る覚悟とは、一体どれほどのものなのだろう。

「泣くな、エリー。君が泣くことなんて、一つもないんだ」

小さな力で胸を押されたが、構わずに強く抱きしめた。艶やかな髪も、薄い背中も、夜の外気と同じだけ冷たくなって、途方にくれているようだった。

「やっぱり冷えているじゃないか。気付いてやれなくて、悪かった」

嫌がられてはいないだろうかと恐々としながら、細い肩を覆うストールを首元まで引き上げてやる。今は真夏の森のような瞳を見ることも叶わず、微かに伝わる鼓動と縋《すが》り付《つ》く小さな手だけが彼女の心を知るよすがだった。

いつのまにかミコラーシュは姿を消していて、悲痛な色を増した嗚咽だけが夜の静寂を乱していく。夜空は高く澄み渡っていて、身を寄せ合う二人の姿はちっぽけだった。

どれほどの時間そうしていたのだろうか。華奢《きゃしゃ》な体が自分のそれと同じ温度を帯びた頃になって、エルメンガルトはようやく泣き声を収めた。

背を撫でていた手を止めたイヴァンは、わずかに身を離して、そっとその細面を覗《のぞ》き込《こ》む。

すると彼女は小さな寝息を立てているではないか。

イヴァンは拍子抜けしてしまって、緊張に強張《こわば》る体から力を抜いた。

「……大物だな。この状況で、しかも立ったまま眠れるとは」

皮肉交じりの独り言だというのに、その声音は自分で思っているよりも優しく響いて、思わずぎょっと口を噤《つぐ》む。

イヴァンは眉間をもんで、心の中で落ち着けと念じた。

近頃少し緩みすぎている気がする。明日もいつものように仕事が待っているのだから、そろそろ眠らなければならない。

起こしても可哀想《かわいそう》だし、運んでやるか。

独りごちて抱きかかえようとしたイヴァンは、その時ある事に気が付いた。エルメンガルトの華奢な手が、イヴァンの胸元を掴んで離れないのである。

既視感が頭の隅を掠《かす》めて行ったのは、その瞬間の事だった。

なんだろうか。このしなやかな感触に、どこか覚えがあるような気がする。

何の根拠もない思考に、イヴァンはそんなはずはないと首を振った。彼女とはこの王城にやってきた時が初対面だ。

早く寝てしまおう。妙な事を考えるのは、思い出話のせいで気が昂《たか》ぶっているからだ。

狼一匹いない寝室はしんと静まり返っていて、ランプの灯が揺れる様だけが暖かみをもたらしている。

イヴァンはエルメンガルトの体を寝台にそっと横たえた。それでもなお手が離れないので、自らも彼女の側に身を沈める。

明かりに照らされた寝顔は涙の跡が痛々しく、寝巻きの袖で頬をぬぐってやった。

こうして改めて眺めてみると、なんとも可愛らしい顔立ちをしている。

ツンと尖った鼻も桃色の唇も年頃の娘らしい丸みを帯びていて、ブルネットの髪は透明感があって艶やかだ。潑剌《はつらつ》とした輝きを宿す深緑の瞳が閉じられていても、その愛らしさは失われるはずもなく、むしろ無防備なぶん、違った魅力が増すようにすら見える。

この美しい人を奪ってしまっても、何ら問題は無いはずだ。それなのに、先程この部屋に現れた時の彼女の怯《おび》えた様を思い出すと、頭の中に警鐘が鳴り響く。

思えば最初の夜からそうだった。エルメンガルトは緊張と恐怖と、そして何か得体の知れない不安をないまぜにした瞳でこちらを見つめていた。

――君は一体何者だ。

ブラルの姫君が人狼に嫌悪感を抱かないはずはない。かの国は封建的で、蛮族とみなした民族を一緒くたにして嫌うのだ。

初めて同盟の交渉に出向いた時、連中がなんと言ったかは未だに覚えている。

『満月の夜は変身が解けなくなるなんておぞましい。まるで呪いだ』

いつもは口うるさいヨハンですら、帰路では沈むような怒りを持て余していた。剣を交えたことのないブラル相手でも、人間とはそれくらいに遠く離れた存在であったはずだ。

それなのにエルメンガルトだけはこんなにも近い。イヴァンのために泣き、イヴァンの目の前で笑う。

彼女は本当にブラルの姫君なのだろうか。エルメンガルト本人だったとして、本当に相応の環境で育てられたのだろうか。

わからない。この感情は何だ。彼女を見ていると、胸をかきむしりたいような気持ちになる。

ふと寝巻きを鷲摑みにする小さな手に視線を移した。そのか細い指が、姫君としてはあり得ないはずの労働の跡を残している事には、少し前から気付いている。

この人のことを守らなければならないからこそ、まだ聞けない。こちらが勘付いたこと自体が、彼女の命を危うくする事態に発展するかも知れないからだ。

その時、エルメンガルトが身をよじった。起こしてしまったかと慌てたのもつかの間、彼女はイヴァンの胸に頰を寄せて、再び深い寝息をたて始める。

勘弁してくれと心の中で泣き言を連ねながら、イヴァンは観念して細い背中に腕を回した。この人が安眠できるなら、多少の我慢は不可能ではないはずだ。

夜は未だ明ける気配を見せず、狼の鳴き声一つしない暗闇は静かな息遣いで満たされている。腕の中の体温を心地いいと感じながら、イヴァンはそっと目を閉じた。

＊

神さまどうか、この優しい人狼王を救って下さい。
私の偽りという罪を罰して、切なる願いを聞き届けて下さい。
私はどうなってもいいから。未来永劫《えいごう》業火に焼かれ続けても構わないから、どうか。
次から次へと涙が溢れ出て、我慢しようとすら思えなかった。それくらい自分が情けなかった
し、自らの醜い感情を上回るほどに、この国王陛下に幸せになって貰《もら》いたかった。
ぐちゃぐちゃになった顔が灰色の寝巻きに押し付けられ、エルネスタは汚れてしまうと反射的に
腕をついた。しかし背に回された腕は有無を言わさぬ力を持っていて、更に強く抱きしめられてし
まう。
『私は、王妃様ならば陛下をお支えくださると思っております。お仕事だけではなく、あの方のお
心こそをお支え頂きたいのです』
厳しくも優しい侍女長の言葉が蘇って、何も言えずにかぶりを振った。
駄目なのよ、ルージェナ。私にはこの方を支えることなんてできない。偽りで塗り固めた私にそ
んな資格はないんだもの。
イヴァンは人と関わることをやめずにいてくれた。それなのに一番身近な人間であるエルネスタ

が裏切っていただなんて、冗談にもならないほど酷い話ではないか。

だからエルネスタには何もできない。彼を幸せにすることも、救うことも、安らぎを与えることも。決して望んではならないのだ。

エルネスタは目を閉じて、広い胸に縋り付く。手が白くなるほど灰色の生地を握りしめ、ひたすらに祈りを捧《ささ》げ続けるのだった。


目を開けたらやたらと端整な顔が間近にあったので、エルネスタの心臓は危うく止まるところだった。

「……ああ。おはよう、エリー」

眠そうに目を細めたイヴァンは、いつにも増して美しく見えた。

真冬の夜を思わせる美貌も、夏の朝においてはどこか温かみを含んで見えた。朝日に透ける金の髪は少々乱れ、寝巻きから覗く鎖骨が濃い影を落としている。紡ぐ声は掠れて低く、寝起きの気だるさを象徴するかのようだ。

「おはよう……？」

正直に言って色気の面で完全に負けている。敗北感に苛《さいな》まれつつ挨拶を返してみたものの、頭はまったく付いて来なかった。

そうだ、昨夜はバルコニーで彼の昔話を聞いたのだ。それから眠った覚えなどないのに、一体何がどうしてこうなったのだろうか。

イヴァンは普通なら先に起きて、さっさと出て行ってしまうはず。それなのに二人して寝台に横になって――。

エルネスタは一気に赤面した。

抱きしめられたまま眠っているという、とんでもない状況にようやく気付いたのだ。

「な、なんで……⁉」

「君が離してくれないからこうなった。お陰で俺は眠りが浅かった」

「えっ⁉　ごめんなさい！」

イヴァンは恨み言を口にする割に、面白いのを我慢している顔だ。しかしエルネスタは慌てるあまりにその表情には気付かない。

そこで追い討ちをかけるようにノックの音が響く。その軽快な音が意味する事態に思い至れないまま、無情にも扉は開かれていった。

「おはようございます、王妃様！　今日も良いお天気で、す……」

ダシャの朗らかな声は、顔をのぞかせた段階で不自然に途切れた。

動じた様子もなくどこか気怠《けだる》げなイヴァンと、中途半端な表情のエルネスタと、笑顔のまま動かなくなったダシャ。妙な沈黙を過ごしたのち、一番に動き出したのは若き専属侍女だった。

「へ、へ、陛下あっ！　申し訳ございません、まさかいらっしゃるとは思わず……わ、わたし、その……し、失礼いたしましたあ！」

真っ赤になってまくし立てたダシャは、大慌てで扉を閉めて去って行った。

「相変わらずやかましい娘だ。あいつにそっくりだな」

よくわからない事を言いながら、イヴァンは欠伸《あくび》をして起き上がった。エルネスタもまた彼に倣って上半身を起こし、正面から向き合うことにする。

「行ってしまったわ。あんなに狼狽《うろた》えなくても」

「二人揃っているのが初めてだったから、誤解したんだろう」

「誤解……？」

噛みしめる様につぶやくと、その言葉の示すところが脳内に徐々に浸透して行った。

「うあ……!?」

よくわからない呻きが口からこぼれ出た。赤くなった顔を隠そうと、殆ど無意識に頬に手のひらを当てる。

消えてしまいたいほど恥ずかしかった。それと同時に、なんというか、色々と申し訳ない思いがしたのだ。役目のせいで絶対に回避しなくてはならないものの、今まで一度も求められたことなどないというのに。

「エリー。俺は君が拒む理由を聞かないことにする」

突如として真相を突かれてしまい、エルネスタは今度は顔色を青くした。何を、とは聞かなくとも流石にわかる。今まで拒むようなことは口にしていないはずなのに、どうして知っているのだろうか。

「それだけ青ざめていたら誰でもわかる。もう心配するな。人狼の戦士は女に無理強いはしない」

心を読んだかのように答えを返されて、エルネスタは言葉をなくした。

願っても無い心遣いだが、本当に良いのだろうか。国王には跡取りが必要な筈で、その務めは王妃の最大の義務ではないのか。

疑問が顔に出ていたようで、イヴァンはすぐに答えをくれた。

「無論、ずっとというわけにはいかない。期限がいつと決めるつもりはないが……まあ、できる限り長く取るように努力しよう。俺なりにな」

俺なりに、というところに妙な力がこもっていた気がしたが、どういう理由かはわからなかったので指摘しないでおく。

エルネスタには気にかかることがあった。今の話でいくと、イヴァンはこれまでも待っていてくれたという事になる。

「じゃあ、愛妾さんがいると思っていたのは、私の勘違い？」

ついぽろっと口に出してしまったら、イヴァンは露骨に変な顔をした。

「なんだそれは。いる訳ないだろう、そんな面倒なもの」

「面倒なの？　男のひとは愛妾さんを囲いたがるものなんでしょう」

先に結婚した友人たちは夫の浮気が心配だとか、最近怪しい動きをしてるとか、そんな話をよくしていたものだ。

それに、ブラルの貴族間では男の二心など日常茶飯事だという。以前イゾルテが語っていたところによれば、宮殿に漂う軽薄な風潮には馴染めなかったのだと。

「ブラルの常識は知らないが、シェンカでは結婚すれば慎むものだ。王侯貴族においては妾を囲うこともあるが、それもあまり褒められたことではない。人狼族は基本的には恋愛結婚だからな」

「恋愛結婚……」

知らなかった。シェンカではそういう考え方が浸透していたのか。

ブラルでは庶民もお見合い結婚が一般的だからこそ、とても素敵なことのように思えた。自由に恋をして、好いた相手と結婚する。自然を愛する人狼族らしい考え方だ。

それに、これでイヴァンの覚悟をまた一つ知ることができた。彼は恋愛結婚が主流の中、国のために政略結婚を選んだのだ。

「そうだったのね。それなら、何か私にして欲しいことはない？　代わりにというわけじゃないけど、何でもするわ」

せめて彼に何かを返したい。これだけの温情をかけて貰って、受け取るばかりでは気が済まない。

エルネスタは胸を張って返事を待った。しかしイヴァンは困ったように頭をかき混ぜて、額にかかった髪の毛を後ろに追いやってから、俯いて深い溜息をついている。どんな仕草もいちいち様になるのが羨ましい。

「何でも？」

「ええ、何でも！」

傾《かし》いだ瞳に問われて、自信満々で肯首した。

するとすぐさま腕が伸びてきて、エルネスタの手より二周りも大きいであろうそれが頬を包んだ。何をと問おうとしたが、やけに強い光を灯《とも》した藍色に搦《から》め取《と》られて何も言えなくなる。

それは刹那の出来事だった。

唇の端に触れた柔らかい熱。それが何なのかを理解する前に離れていったのを、エルネスタは身じろぎひとつできないままに感じ取っていた。

「何でもする、などと軽々しく口にするものではない。特に君のような美しい女は」

眼前の美貌が苦笑に歪《ゆが》む。頭は全機能を放棄してしまったかのように真っ白になっていて、その言葉の意味を思い知ることすらできない。

「これで解ったかな。奥方様」

実のところ何も理解していなかったのだが、問われたという事実だけを解釈した頭が勝手に前後に揺れた。

それだけで一応の満足を得たらしいイヴァンは触れる手を離し、ついに寝台から立ち上がった。

「俺はもう行かねばならない。また後で」

また頭が勝手に揺れる。部屋の扉が開閉する音が届いたが、それでも動くことができなかった。

窓の外を見るに今日も本当にいい天気のようだ。うん、これなら色々とできることがありそう。洗濯とか、掃除とか……。

「わあああああっ！」

エルネスタは情けない悲鳴をあげて布団の中に潜り込んだ。

史上最高と思《おぼ》しき熱を帯びた頬が熱くて仕方がなかったが、もう二度とここから出たくない。ダシャが恐る恐る様子を見に来るまで、エルネスタは閉じこもって動かなかった。

第四章　工房へ

エルネスタはダシャによって髪をくしけずられていた。年若い侍女は頬を赤く染めながらも、懸命に手を動かしている。

「あ、あの、王妃様。先程は大変失礼致しました。私ったら、今までも無遠慮に扉を開けてしまって。陛下は早起きでいらっしゃいましたから、お会いする事がなく完全に油断しておりまして。ですが陛下とて、ゆっくりなさりたい時もありますよね。ご夫婦の朝を邪魔しちゃいけませんよね！　私、これからはちゃんとお返事を聞き取ってから開けるようにいたします！　ですからご安心ください。朝からたっぷりいちゃいちゃを……王妃様？　あの、どうかなさいましたか？」

少女の口上はかなり恥ずかしい内容に仕上がっていたのだが、残念ながらエルネスタの耳には入ってこなかった。心配そうに顔を覗《のぞ》き込《こ》まれてしまい、そこでようやく意識を取り戻す。

「……ああ、ダシャ。どうしたの？」

「王妃様こそどうなさったんですか？　心ここに在らずといったご様子ですけど」

「それはその、ちょっと思い出してしまって」

呆《ほう》けていた原因を素直に口走るわけにもいかず、エルネスタは言葉尻を濁した。

初めてだったので酷《ひど》く動揺してしまったが、いい加減切り替えないと。嫌じゃなかったんだから……。

——嫌じゃなかった？

自分の思考のはしたなさに、エルネスタは一気に頬を染め上げた。するとダシャは何を思ったのか、主《あるじ》と同じくらい赤くなって、鏡の中でつと目を逸《そ》らす。

「私ってば、また失礼なことを。申し訳ありません」

「どうしたの？　謝るようなこと言ったかしら」

「とんでもなく無神経な質問でした。反省します」

よくわからないが謎の納得を得たらしいダシャは、以後は黙々と手を動かして髪を整えてくれた。三つ編みとリボンを絡めて一つにまとめた髪型は、艶やかな髪を持つエルネスタによく似合っている。

「ありがとう、ダシャ。本当に上手ね」

「えへへ。王妃様の御髪《おぐし》が綺麗《きれい》だからですよ」

ダシャは道具を片付けながら、そういえばと言葉を続けた。

「本日は機織り工房の視察の予定がございます」

機織り。その言葉を聞いて、エルネスタは目の奥を輝かせた。

何を隠そうエルネスタは、家を出る言い訳に使うくらいに染織が好きで、この国の生地には大層興味があったのである。

「外でのお仕事は初めてだわ。頑張らないと」

どうやら好奇心に身を滅ぼされないよう、気をつける必要がありそうだ。

昼食を挟んだ午後。エルネスタはイヴァンと二人で街中の階段を歩いていた。

シェンカでは織物《おりもの》や工芸品が盛んに作られている。大陸の西と東を隔てるこの地では独特の文化様式が形成されており、その意匠は異国情緒に満ちている。

エルネスタはこの国の衣装や家具、そして食事など、あらゆる物を気に入っていた。だからその素敵な品々が生み出される現場を見られるとあって、すっかり上機嫌だ。

「随分楽しそうだな」

「ええ！　楽しいもの」

自身の纏う青色のアークリグは光を反射し、階段を上るたびにさらさらと舞う。その様にも気分を高揚させたエルネスタは、煌《きら》めく瞳を周囲へと巡らせた。

石造りの街並みは夏の陽光に映えて白く浮かび上がっている。吊《つ》るされた洗濯物は色鮮やかで、行き交うひとびとの表情は日差しに負けない程に明るい。

シェンカの王都ラシュトフカは山間に位置する防衛都市。急峻《きゅうしゅん》な山に囲まれたこの地では、やはり街中でも坂や階段が多く、乗り物に乗る習慣が存在しない。そもそも彼らは人狼《じんろう》なので、変身して走っていけば一番速いというのも理由なのだそうだ。

今もまた人狼の男性が階段を駆け上がってきて、国王に気付いて帽子を取る。

「陛下、こんにちは」

「ああ」

随分と軽いやりとりだ。先程から感じていたことなのだが、彼らは気楽に国王と挨拶を交わす。

驚いている内に、男は笑顔で走り去っていった。

疲れを感じさせない鋭敏な動作に感心していると、目の前に分厚く硬い皮膚に覆われた掌《てのひら》が差し出された。

「目移りしすぎて転びそうだ。摑《つか》まっておけ」

動悸《どうき》を速める心臓を憎らしく思いながら、エルネスタは礼を言ってその手を取った。

大丈夫。平常心さえ保てばなにも問題はない。

いくらなんでも今朝のことを引きずり過ぎなのだ。イヴァンからすれば挨拶程度なのだろうし、いちいち気にしていたら身がもたない。

先を行くイヴァンはエルネスタの手をしっかりと摑み、これならば転ぶことはないという安心感をもたらしてくれる。じっと灰色のチョハを纏《まと》った背中を見つめていると、彼はこちらを見ないまま言葉を投げかけてきた。

「徒《かち》での移動は、辛《つら》くはないか」

表情は見えなくとも、そこに気遣いが込められていることはすぐに分かった。

「大丈夫。いろんなお店や暮らしぶりに、街並み全部が綺麗で、珍しくて。楽しくて仕方ないくらい」

嘘《うそ》偽りない本心を語る声は弾み、夏の色を映した瞳を輝かさずにはいられない。

この街を見ていると、イヴァンがいかに心血を注いで治世を行《おこな》っているのかがよくわかる。

飢えた様子の者は一人として見かけないし、店先に並ぶ商品も品数豊かで賑《にぎ》わいを見せている。街にはごみがほとんど落ちておらず、少しの異臭もしない。一定年齢以上の子供を見かけないのは、例外なく全ての民に学校が開かれているからだ。

「素敵な街だわ。なによりもみんなの笑顔が一番素敵」

微笑《ほほえ》んでそう告げると、イヴァンは身をひねって横顔でこちらを流し見た。

「そうか。君にこの街を褒めてもらえるのは、嬉《うれ》しいものだな」

そんな風に優しく微笑むのはやめてほしい。心臓がもたないから。

赤くなった顔を伏せると、イヴァンもまた前を向いて歩き始めた。エルネスタはそうと気取られぬように深呼吸をしてから、意識して話題を変える。

「ねえ、イヴァンは護衛を付けないの？」

これは以前から気になっていた問いだ。

貴人は常に護衛を付けるもの。ブラルの皇族は城の中ですら一人では歩かないのだと聞いたことがある。

「ああ。いくら王侯貴族といえど、人狼族の男はいちいち用心棒など雇わないんだ。そんなものを側《そば》に置くということは、自らが武で劣ると看板を下げて歩くようなものだからな」

その考え方はすぐに納得することができた。人狼の戦士らしい理屈だし、実際イヴァンならばどんな相手でも倒してしまいそうだ。そういえば今日の彼はしっかりとした剣を腰に下げているし、もしもの時への備えは万全ということなのだろう。

しかし、エルネスタは嫌な想像に眉を下げた。

「でも、イヴァンは国王陛下なのに……危ない目にあったことはないの？」

「なんだ、心配してくれるのか」

「当たり前です。心配くらいするわ」

その時、イヴァンは急に足を止めた。何事かと思えばちょうど階段が終わったところで、エルネスタは自らの息が弾んでいることにようやく気付く。

「……少し休むか。上りばかりで苦しいだろう」

「ううん、大丈夫よ」

「時間ならある。座ろう」

結局、程近くにあった石造りのベンチに腰掛けることになった。

エルネスタは山歩きをよくしていたので、体力には自信がある方だ。しかし姫君ならばとうに音を上げているような道のりだったのかもしれない。

ひょいひょい上りすぎたかと後悔していると、イヴァンがどこか歯切れの悪い調子で話し始めた。

「先ほどの、ことだが。心配してもらったこと、嬉しかった。礼を言う」

エルネスタは驚いてしまって、急いで隣を仰ぎ見た。前を見る横顔はこちらをちらりとも窺《うかが》うことはなかったが、よく見ると耳のあたりが赤くなっている。

そういえば建国祭の折に緊張の取れるまじないを教えてくれた時も、こんないかめしい表情をしていたような。

「もしかして……照れてる？」

「照れてない」

「嘘。絶対照れてる！」

「照れてないと言ってるだろ」

イヴァンは語気を強めたが、一切こちらを見ようとしない横顔も、最早《もはや》まったく恐ろしく感じない。

申し訳ないとは思ったが、エルネスタは小さく吹き出してしまった。

「……何を笑っているんだ」

彼はようやく目だけでこちらを見たが、その恨みがましい視線も笑いを誘発する種になった。

本当に律儀なひと。こんなに照れ屋のくせに、わざわざお礼を言うなんて。

もしかすると過去にそっけなかったその時々も、彼は照れていたのかもしれない。そこまで思い至れば胸が温かくなって、笑いを収めることができなくなってしまう。

「ご、ごめんなさい、つい。何だか嬉しくて……ふふっ」

「そんなに元気なら、もう行くぞ」

せめてと口元に両手を当てて笑っていると、たまりかねたイヴァンがついに立ち上がった。エルネスタはわざと朗らかに返事をして、広い背中に付いて歩き始めるのだった。

機織り工房は想像よりもずっと立派な佇《たたず》まいをしていた。

漆喰《しっくい》で塗り固められた壁は高く、黒色の屋根瓦によく映える。横にも広いその建物はひとつではなく、同じ造りのものが何棟もそびえ立つ様は壮観だ。

まさかここまでの規模だとは思ってもおらず、エルネスタは驚きのまま視線を左右に振った。

「ここは民間の工房だが、工芸品の生産は国策として支援している。近頃は同盟国にも売り込んでいて、徐々に知名度を上げている最中だ」

「すごく広いのね。工房ってもっと小さなものだと思っていたわ」

エルネスタにとっての工房とは、ブルーノが親方を務める北極星の鍛冶場が全てだ。数人の弟子を擁する工房内は、金属の熱気のせいもあっていつも手狭に感じられた。

「ここはシェンカの中でも老舗中の老舗だ。この規模も元々で、ウルバーシェク王家との付き合いも深い」

日々の勉強を続けているエルネスタだが、まだまだ知らない事は多いようだ。感心しきりで頷《うなず》きながら、慣れた様子で歩を進めるイヴァンに付いて行くと、棟の入り口の前で一人の老婆が待ち構えていた。

「ようこそいらっしゃいました」

「今日はよろしく頼む。これは皆《みんな》で分けてくれ」

イヴァンが手提げ袋をぶら下げているのには気付いていたのだが、どうやら工房への差し入れだったらしい。

あらあらと言いながら老婆は中身を取り出して、布袋に詰め込まれたアプリコットに顔を綻ばせた。

「美味《おい》しそうですこと。いつもありがとうございます、陛下。王城で採れる果物はどれも美味しいですから、皆喜んでおりますよ」

王族と平民なのに、やはり随分と気楽な付き合い方をしているものだ。好ましく思って微笑んでいると、老婆が柔らかい眼差《まなざ》しをエルネスタへと向ける。

「王妃様。御目通《おめどお》りが叶《かな》いまして、光栄にございます。私はアニータと申します。この工房の親方を務めております」

ということは、彼女が一番の責任者であり、経営をも担っているということになるのか。

ブラルでは女性が何かの長《おさ》を務める事は極端に珍しい。エルネスタは内心で随分驚いていたのだが、顔に出さないよう努めて笑った。

「はじめまして、エルメンガルトです。お会いできて本当にうれしいわ」

「まあまあ、なんて可愛《かわい》らしいお方でしょう。陛下、王妃様、ご結婚おめでとうございます」

アニータはまるで孫の結婚を喜ぶ祖母のようだった。祝福を受けてまた一つ痛む胸を持て余しながら、早速中を案内してもらうことになった。

工房の中には広大な空間が広がっており、所狭しと機織り機が並べられている様は壮観の一言だった。

一台では大した音を発しない機織り機だが、これだけ数が揃《そろ》うと常にぱたんぱたんと鳴っている状態で、その喧騒《けんそう》は高い天井に反響している。天窓が備え付けられた室内は明るく、そこで働く職人は老いも若きも全員が女性たちだ。

「相変わらず盛況だな。親方」

「陛下と王妃様のお陰ですよ。近頃はやはり、ブラルでの需要が高まっておりますからね」

アニータの言葉にエルネスタは気持ちを浮上させた。やはり同盟は経済にも良い影響をもたらしているのだ。

「アニータさん、ブラルで人気の生地が見てみたいです」

「ええそれなら、この辺りの生地でしょうかね。どうぞご覧下さい」

現在進行形で作業中の機織り機を示されたので、遠慮しつつも覗き込む。繊細なアラベスク模様が織り込まれていく様は美しく、エルネスタは感動のままに声を上げた。

「凄《すご》いわ、本当に綺麗！　職人技ね」

恰幅《かっぷく》のいい女性職人は、忙しいだろうにこちらを振り向いて会釈してくれた。その間にも手は止めないその技術には拍手を送りたいぐらいだ。

「王妃様にお褒めいただくと、皆が喜びます。この生地は民間で流行しつつあるようですね」

「そうなのね。とっても素敵だもの、みんなが気に入って当然だわ」

エルネスタは知らなかったことなのだが、故郷ではシェンカの織物が流行《はや》り始めているらしい。

やはり綺麗なものは誰が見ても綺麗なのだろう。

「左様でございますか？　輸出量を増やしてみましょうかね」

「そんな、私の意見なんて参考にしたらだめよ」

親方の冗談にエルネスタは笑った。ほのぼのとしたやり取りをしているうちに、イヴァンが工房内を一周して戻ってきて、アニータと真剣な視線を交わす。

「親方、最近の輸出傾向について教えてくれ。いかに輸出路を整備すべきか検討したい」

「かしこまりました、陛下」

二人は難しい話を繰り広げながら歩いていく。しかしイヴァンは数歩進んだところで足を止めて、エルネスタを振り返った。

「エリー、君は好きに見学して構わない。俺は隣の棟にいるから、終わったら声を掛けてくれ」

「わかったわ」

公務とはいえ今はまだ見学しかできることはなく、王妃は国王の添え物程度の存在でしかない。そんなことは百も承知なのではっきりと頷いて見せると、イヴァンは小さく笑みを浮かべて工房を去って行った。

扉が閉ざされてしばしの時が過ぎる。

その刹那、室内を黄色い悲鳴が満たしたので、エルネスタはひっくり返りそうになってしまった。

「へ、陛下が笑ったあああああ！　ちょっと見た、今の⁉」

「見た見た！　あーもうなにあれ、ずるいわあ！」

「ちょ、ちょっとこれは……これはやばすぎる。もう無理」

「こうしちゃいられない、お茶よお茶！　もう二時なんだから、早めの休憩したって構わないでしよ！」

先程まで真剣な眼差しで機織りをしていたはずの職人たちは、今はすっかり乙女の顔になってはしゃぎまわっている。

変わり身の速さに呆然《ぼうぜん》としていたエルネスタだが、彼女らによってあっという間に取り囲まれてしまった。中央の絨毯《じゅうたん》の上に座らされたと思ったら、既に準備が整いつつあるお茶会に強制的に招待される。

「王妃様、私たち感動しました！　まさか陛下の笑顔が拝見できるなんて！」

三十代も半ばかと思われる女性が、拳を握って力説した。いつのまにか全員がそこに集まって、同意とばかりに頷いている。

「色々とお聞かせください！　陛下とはどんなお話をなさるんですか？」

「普段からあんな風にお笑いになるんですか？　それとももっと？」

「陛下のこと、どうお呼びになっているんですか～？」

質問の波状攻撃に晒《さら》されたエルネスタは、うろたえるままに視線を巡らせた。答えを期待する瞳が四方から降り注いでおり、どうあっても逃げられないことを悟って引きつった笑みを浮かべる。

「……先ほどは、街の様子について、話してたけど」

当たり障りのない答えだというのに、またしても黄色い歓声が上がって一気に場が沸き立った。

今更実感する。やはりイヴァンはかなりの人気者らしい。

「続きを、ぜひ！」

「ええと……笑顔については、ちらほら、と。呼び方は」

答えを口に出すたびに、様々な記憶が蘇《よみがえ》って頬が熱くなってくる。今朝のことまで思い出しそうになって、エルネスタはついに顔を覆った。

「ご、ごめんなさい。もう勘弁して」

またしても歓声が上がった。彼女らは「やだ王妃様、可愛い！」などと持《も》て囃《はや》しており、はしゃぐこと自体が楽しいといった様子だ。

王城で暮らすうちに薄々勘付いてはいたのだが、人狼族の女性は全体的に押しが強いらしい。

「なーんか本当に可愛らしい方だね！」

「想像と全然違うのねぇ！」

「あ、王妃様、これ食べて下さいね」

絨毯の上に置かれたのはジャムのかかったヨーグルトと、湯気を立てるチャイだった。この国の定番のおやつであるそれらを、エルネスタはありがたく頂くことにする。

ヨーグルトは王城で出されるものとはやや味が違って、これもまた美味だった。ダシャによれば家庭によって味が違っていて、全ての民が我が家のものが一番と思っているという。

「美味しい！　ヨーグルトってこちらに来てから初めて食べたけど、凄く美味しいわよね」

「王妃様、話のわかるお方じゃあ」

最長老らしき女性が愉快そうに笑い、工房を笑い声が満たしていく。

賑やかで力強い女性たちだ。彼女らが働き手として存在することは、この国にとって大層心強いことだろう。

＊

アニータとの会議を終えたイヴァンは、会議室のある生活棟を出て、エルメンガルトを置いて来た工房へと向かった。訪ねてこなかったということは退屈はしていないのだろうが、どう過ごしているだろうか。

先程後にした扉を開いて工房内を覗き込むと、そこには満面の笑みを浮かべるエルメンガルトがいた。職人たちに囲まれて機織りをする様は、遠目にも華やかで楽しそうだ。

彼女は工房の奥にいたのに、不意にこちらに気付いて微笑みかけてくる。

「陛下、お疲れ様でした」

何故《なぜ》なのだろう。この人が笑うと、胸が温かくなるのは。

「おや、陛下呼びですか。遠慮なさることはないんですよぉ？」

「もう！　からかわないで」

遠くてよく聞こえなかったが、エルメンガルトは職人たちと気安い様子で言葉を交わす。こちらへ歩いてきた彼女の笑顔は、楽しい時間の余韻を感じさせるものだった。

また連れてきてやろう。イヴァンはそんな事を頭の片隅で考えていたのだが、それは以前の自分ならばありえない思考だとは気付いていない。

「お話は終わったの？」

「ああ、お陰で実りある話が出来た。最後に君の意見を聞きたいんだが、来てくれるか」

「わかったわ」

エルメンガルトは朗らかに頷いて、後ろを振り返った。

「皆さん、お忙しいところをありがとう。お仕事を頑張ってくださいね」

明瞭な声で礼を述べる王妃に、職人たちも「また来てくださいね」などと気楽に言葉を返す。どうやら短い時間で随分と打ち解けたらしい。

「妃《きさき》が世話になった、礼を言う。今後も励んでくれ」

イヴァンも礼を述べて、何故か頬に朱を差したエルメンガルトを伴って外に出た。

この一拍後のこと。国王陛下の二度目の笑顔と、夫婦のお似合いぶりに悶絶《もんぜつ》した職人たちが一斉にくずおれるのだが、それを本人達《たち》が知ることはついに無かった。

＊

イヴァンに案内されたのは、隣の棟の一室だった。

中に入った瞬間に目に飛び込んできたのは、木の軸に巻き取られた織物の山。中央には見事なアラベスク模様の絨毯が敷かれ、アニータが座った姿勢で待ち構えている。

「ああ、王妃様。お呼び立てして申し訳ありません」

「どうか気にしないで。私は何をすればいいのかしら」

エルネスタは笑みを浮かべて頷いて見せる。この疑問にはイヴァンが答えてくれた。

「次の輸出品を決めかねているそうだ。そこで君の意見が聞きたい」

「私の……⁉」

まさかの指名に、エルネスタは思わず驚きの声をあげた。

「私の意見なんて参考にして良《い》いの？」

「君の好みからブラル人の感性を探りたいそうだ。気楽に構えて教えてやって欲しい」

そう言われても、とエルネスタは口ごもった。

自分の好みなんて完全な庶民かつ素人のもの。芸術に秀でるというエルメンガルトに代わっての大役は、いささか荷が重い気がする。

しかし目の前には期待の眼差しを向けてくるアニータがいるのだから、さすがに断りようがないのも確かだ。

「わかりました。本当に主観だから、あまり参考にしすぎないでね」

「ええ！　ありがとうございます、王妃様」

早速アニータに案内され、織物の山の前へと向かう。よく見ると織物たちは専用の棚にきっちりと収まり、どんな柄か確認しやすいように整頓されていた。

「そうね……あ、これはさっき見たものだわ。この若草色がすごく素敵だと思ったのよね」

実はエルネスタは、待っている間に稼働中だという棟を一通り見学していた。毛織物に絹、更には麻布まで様々な織物が造られていたのだが、そのどれもが独特で素敵な品物だった。

「これも涼しげな生地で可愛いわ。あ……こっちは冬の外套《がいとう》にもってこいね。素敵」

その時の様子を思い出しながら選別していく。どれもこれも美しい織物たちは、並んでいるのを見ているだけで心が躍る。

ざっと十反程の織物を選んで絨毯の上に並べた。アニータとイヴァンは黙ってその様子を見守っていたのだが、作業が終わって彼らと目を合わせてみると驚いたような顔をしている。

「王妃様、もしや全ての棟を見学してくださったのですか？」

「ええ、そうよ。すごく興味深いものを見せてもらったわ」

「まあ……そうでしたか。それは、ありがとうございます」

アニータは垂れ気味の目を丸くしていた。そんなに驚かなくとも、出来うる限りの務めはこなすべきだし、本当に面白かったので苦にもならない。

「この無地の赤などは、どうしてお気に召したのですか？」

「それは見たことがない色だと思ったの。ブラルには無い何かで染めているのよね？」

「こちらはグンコウムシから抽出した染料で染めております」

なるほど、虫か。たしかにこの山間部では、ブラルにいない虫などいくらでもいることだろう。

エルネスタが一人納得していると、今まで静観していたイヴァンが口を開いた。

「グンコウムシの染料はシェンカでは一般的で、どちらかといえば安物に分類されている。君は、この生地がいいと言うのか」

「ええと、はい。綺麗だったから……」

すみません、庶民なもので。

心の中で謝罪をしてうなだれたエルネスタは、「違う」と珍しく慌て始めたイヴァンに再度顔を上げた。

「馬鹿にしたわけではない。そうか、西の文化圏のブラルでは使わない染料だったのか」

「左様で。私も驚いております、陛下」

二人は腕を組んだり顎に手を当てたりして、何かを噛《か》みしめているようだった。

なんだろう、この世紀の大発見をして戸惑っているかのような雰囲気は。

「いいかも知れない。エリー、君のおかげだ」

かと思えば、今度はイヴァンが両手を握りこんできたので、エルネスタは肩を跳ねさせる羽目になった。

「輸出は他国にないものを選別してこそだ。君の選んだ織物は、それに該当する」

「そ、それはそうね。見たことのないものって、やっぱり素敵に映るから」

「大陸の西の国々とは近頃交流を持ち始めたばかりなんだ。やはりまだ知らないことが多いらしい」

エルネスタはようやく話が摑めてきた。

つまり異国の目で見れば同じものでも全く違った見え方をする、ということだ。もしかすると選んだ織物の多くはこちらでは一般的なものだったのかもしれない。

イヴァンはエルネスタの手を解放し、アニータと固い握手を交わした。

「親方。近いうちにまた来るから、検討をしてみよう」

「ええ、陛下。お待ちしております」

二人は揃って満足げだった。大した力にはなれなかったけれど、なぜかこちらまで胸が温かくなってくるから不思議だ。

「エリー。礼というわけじゃないが、何か買っていくか」

「何かって……」

「織物だ。冬物のアークリグなんかは早めに仕立てておいたほうがいい。夏が終わればすぐに寒くなってくるからな」

その優しい気遣いに、直《す》ぐの反応を返すことができなかった。

夏が終わって秋が来る頃には、エルネスタはとっくにいなくなっている。存在すら無かったことになって、誰も知らないうちに消え去るのだ。

「でも、私」

頭が真っ白になって何も考えられなかった。

エルメンガルトとは体型も殆《ほとん》ど同じみたいだから、仕立てて貰《もら》っても問題はない。笑顔で好意を受け取るだけで良いのに、エルネスタにはそれができない。

「自分用となると、どうしたら良いのかよくわからなくて……」

陳腐な言い訳を並べる己に嫌気がさす。

今までは嘘をついているという罪そのものに打ちのめされていた。しかし今ここで、エルネスタは明確な感情を抱いてしまった。

この地に未来を持たないという現実が、苦しくて仕方がないのだと。

「何だ、それなら俺が選んでやる。親方、借りるぞ」

暗い思考を断ち切るような力強い声が響いて、エルネスタは遊離しかけていた意識を取り戻した。

はいはいと笑顔で応じたアニータを尻目に、イヴァンは集めた織物の一つを手に取っている。

「こういう時は遠慮するものじゃない。妻なら夫を立てて喜んでおけばいいんだ」

織物はそれなりの重さがあるのだが、イヴァンはまるで雲を扱うように捌《さば》いて、次々とエルネスタにかざしていく。

「君が凍えるのは忍びない。そんなことは当たり前なんだから、受け取ってくれないと困る」

そっけない言葉。それなのに心に深く沁《し》み渡るのは、彼の思いやりが伝わるから。

「あ……ありがとう」

エルネスタはようやくそれだけを言った。気を抜けば声が震えてしまいそうで、唇の裏側を噛んで耐えなければならなかった。

何枚目かの布が積み上げられた頃、イヴァンは満足げな溜息《ためいき》をつく。

「これがいいんじゃないか。鏡を見てみろ」

それは最初に選んだ若草色の織物だった。言われるまま鏡の前に立つと、確かにエルネスタの瞳が持つ色に違和感なく馴染《なじ》んでいるように見える。

「親方、どう思う」

「ええ、とってもお似合いでございます」

アニータにも太鼓判を押され、改めて鏡の中の自分と目を合わせた。

「……そうね、やっぱり素敵」

エルネスタは鏡のおかげで違和感のない笑顔を浮かべることに成功したのだった。


太陽がしぶとく燃え上がり、昼間の熱を残した細い階段を橙色《だいだいいろ》に染め上げている。エルネスタは隣を歩く横顔が夕日の色に映える様を見ていられなくて、他愛のない会話をしながらも顔を前へと向けたままでいた。

イヴァンは最終的に、他にもたくさんの織物を買ってしまった。明日にでも遣いを出して受け取り、明後日《あさって》には仕立て屋を呼んで採寸するのだという。

これも必要だ、あれも必要だと言って次々と気遣いを見せてくれる彼に、エルネスタは罪悪感で押しつぶされそうだった。

その心尽くしの衣装に自らが腕を通すことはない。

それは当たり前のことで、こんなに胸が痛むのもきっと気のせいだ。帰りたくないだなんてそんな恐ろしい事、思いつく事すら間違っている。

何のためにここへ来たのかを今一度考えるのだ。イゾルテを治す以外に大事なことなんてない。それなのにここで暮らしたいだなんて、そんなこと冗談でも考えてはいけない。

エルネスタは曇った思考を無理矢理に追い払い、笑顔を浮かべて隣を仰ぎ見た。

「そういえば、王城では果物を育てているのね。知らなかったわ」

「果樹園は生活圏から少し離れているからな」

不自然な話題転換になってしまったかと冷や汗をかいたが、イヴァンは特に疑問には思わなかったようだ。

「シェンカでは貴族も平民も日々の暮らし自体に大きな差はないんだ。ほとんどの家庭では何らかの野菜や果物を栽培し、時間のある者が面倒を見る」

「それなら、もしかしてイヴァンもアプリコットを育ててるの？」

「時間があるときはな。あとは狩りに出かけることも多い」

あっさりと肯定されたのが不思議に感じる程、エルネスタにとっては意外な事実だった。

どうやら今までは目の前の事をやり遂げようと必死で、彼らの暮らしぶりにまでは目がいかなかったらしい。イメージ上の貴族とこうまで習慣が違うとは思いもしなかった。

「女は料理や裁縫を担い、男は休みの日には薪を割って狩りに出かける。得た食材は冬を前に乾燥させて蓄え、雪が降り始める頃には外に出ずとも暮らせるようにしておく。山間の暮らしとはそういうものだ」

「そうだったのね……私、何も知らなくて。ごめんなさい」

エルネスタは肩を落とした。この三週間、出て来たものを深く考えずに食べ、服を作ろうともせず、のうのうと過ごしてしまった。もしかすると皆に笑われていたのかもしれない。

「謝るような事じゃない。何も問題ないさ」

苦笑したような気配を察して再び視線を上げると、そこには優しさを滲《にじ》ませた藍色の瞳があった。

「言っただろう、時間のある者が行えばいいんだ。君は忙しくしていたのだから誰も責めたりはしない。そもそも王族や重要な役を務める貴族は多忙だから、使用人を雇う事が殆どなんだ。俺もなかなかそこまでは手が回らない」

いつしか二人は大通りへと足を踏み入れていた。仕事に出ていた者たちは家路を急ぎ、商店の主人は品物を売り切ろうと声を張り上げる。賑やかな街が徐々に闇を濃くする中、すれ違うひとびとは国王夫妻に気付かない。

イヴァンの瞳が活気付く街を映し出す。彼の表情は穏やかで、同時に気高さを宿していた。

「全ては繋《つな》がりがもたらすものだと、子供の頃父に教えられた。俺を生かす糧を作り上げるのは民なのだから、この国を良く治める事で恩返しをしなければならない」

それは単純明快なようでいて、為政者の重い理《ことわり》だった。

エルネスタは今更のように理解する。民がこの国王陛下を敬うのは、同時に彼が民を敬っているからなのだと。

「その点、君は十分過ぎるほどによくやってくれている。……だが、その、だな」

その覚悟に感じ入っていると、イヴァンが珍しく言《い》い淀《よど》むので、首を傾《かし》げて言葉の続きを待った。

「もし興味があるなら……週末にでも、果樹園に行こうか。今はアプリコットが収穫時期だ。ブルーベリーに、桃なんかもある」

言いにくそうに絞り出した声は低い。初めて何かに誘ってくれたように聞こえたのだが、気のせいだったのだろうか。

「連れて行ってくれるの？」

「ああ」

彼は人に失望しながらも、様々なものを背負った上で人と歩む道を選んだ。その道は荒野でしかなく、石つぶてが転がり枯れ枝が這《は》い、歩くだけで血が滲むような過酷な道程であったはず。

それなのに、人であるエルネスタに人狼族の暮らしを教えてくれるだなんて。

「無理にとは言わないが」

信じられずに何も言えなくなったままでいると、イヴァンは後悔に陰る瞳を逸らしてしまった。

どうやら誤解を与えたらしいと理解した口が、自覚するよりも早く動きだす。

「無理なんかじゃないわ！　行きたい。絶対に行く！」

勢い込んで言ってしまってからはたと気付いた。

果物を収穫したいだなんて、まったくブラルの姫君らしくない考え方だったのでは。

「そうか、良かった。ならば行こう」

しかし後からくる躊躇《ちゅうちょ》も、この笑顔を見せられてしまっては、心の片隅で消え去ろうというものだ。エルネスタは夕日に赤い顔が溶け込むように願いながら、心拍数を増す胸にそっと手を当てた。

だから、まったく気がついていなかった。黄昏時《たそがれどき》の街に潜むようにして、何者かが二人の姿をそっと窺っていたことなど。

王城に着くと、イヴァンは仕事を思い出したと言って執務室へと向かって行った。

自室に帰るとそこには誰もおらず、エルネスタは今のうちに今日の出来事を記しておく事にした。鍵を開けて日記を取り出し、羽根ペンを使って書き留めていく。

半分ほど書いたところでノックの音が響いた。日記を引き出しにしまい込んでから声を返すと、開かれた扉の先にいたのはエンゲバーグだった。

「エルメンガルト様。少しお時間を頂けますでしょうか」

「いらっしゃいませ、エンゲバーグ伯爵。どうぞ入って下さい」

エンゲバーグは朗らかな笑みを浮かべて、エルネスタの示したラグの上に座った。彼は椅子抜きで座るのは慣れていないようで、自主的に正座の姿勢を取っている。

「ご様子を伺いに参りました。お風邪は良くなられたようで、安心いたしましたぞ」

「心配かけてごめんなさい。もう大丈夫よ」

エルネスタが笑顔で応じると、彼はほっと表情を緩めた。

「今日はいかがでしたかな。外でのご公務は初めてでしょう」

「ええ、ちょっと緊張したけど、一周して見学させていただいたわ。職人さんたちとも話せて、すごく有意義だったと思う」

「それは良うございました。何か変わった事はありませんでしたかな」

特に陛下周りに、と付け加えたエンゲバーグは、心なしか表情が強張《こわば》っているように見えた。

「ええと……そうね、今日は織物を買ってくださったの。冬用の衣装は今仕立てておかないと間に合わないんですって」

「陛下が、見繕って下さったと？」

「ええ、そうなの。明後日にも仕立て屋を呼んで下さるそうよ」

エルメンガルト様は気に入って下さるかしらと言いそうになって、エルネスタは慌てて口を閉ざした。たとえエンゲバーグと二人の時であっても、身代わりが露見するような事は極力口に出すべきではない。

「後は……そうね。陛下が、果樹園に連れて行って下さると」

「ああ、王城の果樹園ですか」

「シェンカでは王族でも果物を育てたり、他にも日々の仕事をこなすと教えて頂いたの。ちゃんと見て、覚えてくるわね」

エルメンガルト様が困ることのないように。言外にそう付け足せば、エンゲバーグは何故か切なげに眉を下げた。

「ご立派に職務を果たされながら、随分と楽しそうにお笑いになる。まさか貴女様《あなたさま》は……」

そこで不自然に言葉を途切れさせたエンゲバーグは、いえと首を振ってこの話題を打ち切った。

エルネスタはその憂いを含んだ表情に心配の念を募らせていたのだが、彼の次の発言は驚くべきものだった。

「本題です。もしかすると、我々の企《たくら》みに勘付いた者がいるやもしれません」

その囁《ささや》き声《ごえ》ははっきりと耳に届いて、エルネスタは両目をこれ以上ないほどに見開くことになった。

「どういうこと……⁉」

「まだ疑いでしかありませんが、私の部屋で、鍵をかけたはずの引き出しの中の物が、やや動いていたのです。そうと分からぬほどの小さな変化ではありますが、私は記憶力には自信がありますゆえ」

「つまりそれは、誰かが引き出しの中を探っていたということ？」

エンゲバーグははっきりと頷いた。エルネスタは目の前が揺れるような心地がして、爪が食い込むほどに両拳を握りしめた。

「使用人ならば客人の引き出しなどには触らないでしょう。つまり、何者かが私の身辺調査をしていると考えるのが普通です」

「……どうしよう。私、日記を書いているの」

「何ですって？」

エンゲバーグは目線を鋭くした。今まで見たことのない表情にエルネスタは肩を震わせたが、彼は目の前の娘が怯《おび》えているのに気付いてすぐに謝ってくれた。

「身代わりが露見するようなことを書いていましたか？」

「いいえ、それは書かないように気をつけていたわ。日々の覚書と、復習代わりにしていたの」

深い溜息を吐き出したエンゲバーグは、額に滲んだ汗をハンカチで拭った。どうやら随分と心臓に悪い思いをさせてしまったらしい。

「貴女様が聡明《そうめい》でよかった。エルメンガルト様にお伝えするために書いて下さったのですか？」

「そうよ。けど、もし見たひとがいるなら、ちょっと恥ずかしいわ」

赤くなって俯《うつむ》いたエルネスタに、エンゲバーグはついと言った様子で笑いをこぼした。

「大丈夫ですよ。お嫌かもしれませんがそのままお書きください。今やめてしまうとむしろ怪しく見えますので」

「わかったわ。それにしても、どこまで知られているのかしら」

想像してみても答えは見つからない。エンゲバーグも断定しかねているようで、腕を組んで難しい顔をしている。

「身代わりの件とも言い切れませんからな。ブラルの内情を探りたい、大使の思惑を図りたい……理由はいくらでも考えられます。とはいえ、私は証拠など残しておりませんから、真相に辿《たど》り着《つ》くには至っていないでしょう」

「そうなのね。ひとまずは良かった」

エルネスタはほっと息を吐いた。

確かにその通りだ。そもそも身代わりを知られているのなら、二人揃ってとうに投獄されているはずなのだから。

「ただ確実なのは、密偵を操る発言権を持った者が絡んでいるという事です」

そんな力を持つ者は自《おの》ずと限られてくる。青ざめたエルネスタに、有能なシェンカ大使は真剣な眼差しを向けた。

「エルネスタ様、どうかくれぐれもお気をつけ下さい。貴女様をご無事にお帰しする事は、私の一番の願いなのですから」


今日も一人きりの夕食を終え、入浴も済ませたエルネスタは、寝室のバルコニーに出て星を眺めていた。

途切れた雲の隙間からこと座が顔を出している。こと座といえば「オルフェウスの竪琴《たてごと》」に登場する有名な星座だ。

愛する妻のエウリディケを亡くしたオルフェウスは、冥王ハーデスの元へ行き、琴を爪弾いて妻を返してくれと懇願した。するとその琴を気に入ったハーデスはこれを許し、連れて帰る間は決して振り返ってはならないと約束させる。

しかしオルフェウスはあと少しというところで妻の顔を見るため振り向いてしまうのだ。エウリディケは冥界に連れ戻され、二度と会う事は叶わなかった。その後、彼は生きる気力を無くして彷徨《さまよ》い歩き続けたという。

神話を語る母の声が思い出されて、エルネスタは手すりに額を押し付けて衝動に耐えた。

本当に自分の愚かさが嫌になる。ここでの暮らしに馴染みすぎて忘れていた。一番に考えるべき事は、この身代わりを成功させる事だったのに。これではオルフェウスと同じだ。彼は妻を連れ帰ることだけを優先すべきところを、美しい顔を見たい気持ちを抑えられずに全てを失ってしまった。

皆の温かさを愛《いと》おしいなどと思ってはいけない。イヴァンの優しさを知るたびに、嬉しいなどと思ってはいけないのだ。

不意に扉の閉まる音がして、エルネスタは室内を振り返った。

そこにはイヴァンがいた。昼間のグレーのチョハを身に纏ったまま、無表情で佇んでいる。

「イヴァン？　どうしたの」

どこかいつもと違った雰囲気を漂わせる彼に、エルネスタは室内へと戻ることにした。

改めてイヴァンの目の前に立つと、かっちりとした衣装に剣を佩《は》いたままの彼と比べて、自身の薄い寝巻き一枚の姿が心許《こころもと》なく感じられる。エルネスタは肩にかけたストールを羽織り直して、一対の藍色を見上げた。

イヴァンは何の答えも返してはくれず、その瞳に映るものを読み取ることもできない。昼間のエンゲバーグとの会話が思い出されて、背筋を冷たいものが降りていく。

「ねえイヴァン、もしかして眠いの？」

エルネスタは不自然なほどに明るく振る舞った。もしかすると彼に知られてしまったのかもしれないという恐怖と後悔が、口を勝手に動かしていた。

「今日も忙しかったものね。それなら、入浴は明日にしてでも寝てしまったほうが」

その続きは悲鳴に取って代わった。

何故なら、エルネスタはイヴァンによって抱き上げられていたからだ。突然の事に大きく心臓が跳ね、エルネスタは混乱の最中に陥った。重心を失った体が強張り、行き場のない手を胸の前で握り込む。

「な、何……⁉　イヴァン、何するの？　ねえ……！」

いくら問いかけても、斜め下から見上げる彼の輪郭はピクリとも動かない。そうしているうちに長い足が寝台の側へと辿り着き、エルネスタは不自然なほどの丁寧さで横たえられてしまった。

もはや全くと言っていいほど思考回路が働かないまま硬直していると、今度はたくましい体躯《たいく》が上からのし掛かってきて、秀麗な美貌が眼前へと迫る。

そして真一文字に引き結ばれた唇が言葉を紡ぐのを、エルネスタは呆然と見つめていた。

「君は誰だ」

＊

エルネスタを衛兵に預けた後、イヴァンが向かったのは自身の執務室だった。すぐさまヨハンを

呼び出して、前置きもそこそこに先程の出来事について述べる。

「工房からの帰り、何者かにつけられていた」

ヨハンは水色の瞳を瞬《まばた》き、冷静を失わないまま切り返してきた。

「お心当たりは？」

「ありすぎる」

「そうでしょうね。同盟反対派か、それとも何処《どこ》かの国の間諜《かんちょう》か……ご苦労なことです」

宰相の溜息には、こうした状況にも動じない強者特有の貫禄《かんろく》が含まれていた。

「ご無事で何よりです。どの辺りでのことですか」

「一瞬だったな。帰りは大通りを通ったんだが、その間の短い時間だ」

あの時感じた視線の鋭さと気配の消し方は、決して国王夫妻だと気付いた一般市民のものではない。一人ならば追いかけただろうが、エルメンガルトを置いていくわけにもいかず、そのまま歩くしかなかった。もしかするとその対応を狙ってのことだったのかもしれない。

「なるほど。短すぎて意図が読めませんね」

ヨハンは難しい顔をして眼鏡を押し上げたが、彼と同じくイヴァンもまたこの事態を読みかねていた。

「王妃様に変わったご様子はありませんでしたか」

「ないと思う。普通に会話をしていただけだ」

そう、変わった様子はなかった……筈《はず》だ。いつもの笑顔と、いつもの声。しかしどこか寂しそうに見えたのは、気のせいだったのだろうか。

イヴァンはまだ彼女のことをよく知っているとは言い難い。その事実がひどく歯がゆかった。

「証拠もない以上、下手に尋問しようものなら国際問題ですからね。厄介なことです」

暗い笑みで物騒なことを言う友を、イヴァンはつい睨《にら》んでしまった。

何故か彼女が害されると思うと、それだけは許せないという思いが湧き上がってくる。

これは自らの感情そのものだ。感情だけでこんな重大事を判断するなど、最も恥ずべきことのはず。それを知っていて、何故……。

思考に沈み込みそうになったとき、奥の扉からミコラーシュが乱入してきた。噛みつかんばかりの勢いで何かを訴えてくるので、二人は人狼の姿を取って話を聞くことにする。

「エリーが悪い奴《やつ》のはずないだろ⁉ そんな事、あの子を見てりゃ一目瞭然じゃないか！」

その途端に耳に飛び込んできたのは、苛立《いらだ》ちと焦燥を含んだ言葉だった。

「ミコラ、貴方《あなた》の言いたいことはわかります。ですがこれは国家の重大事なのですよ。全ての可能性を考えて、一つ一つ確認せねばならないのです」

「お前は優秀な奴だよ、ヨハン。だからこれは一つの意見として受け止めてもらえりゃそれでいい。俺は、エリーはいい子だと思う。何か疑わしい点があるのはわかるけどよ……でもさ、きっとあの子も巻き込まれてんだよ。悪意なんか欠片《かけら》も持っちゃいないさ」

その主張は全てイヴァンが考えていたことと同じだった。

ミコラーシュの言う通り、見ていればわかる。エルメンガルトは他者のために行動し、他者のために心を動かすばかりか、人狼族を知って受け入れようとしてくれている。

そもそも直接の害意があるなら、イヴァンはとっくに襲われているはずだ。いくら隙を見せてものほほんとしている彼女が悪意を持ち合わせているだなんて、もう可能性すら考えていない。

「わかってる。ミコラ、お前の言う通りだ」

「イヴァン……！」

ミコラーシュが驚愕《きょうがく》の眼差しを向けてくる。私情を殺し続けてきたイヴァンが感情的な意見を述べるのは、天地がひっくり返るほどに珍しい事なのだ。

甘すぎる自覚はあるが、それでも自分の感じ取ったものを裏切ることができない。

「だからこそ調べなければならない。確実に何かが起きている以上、後《おく》れを取るわけにはいかないからな」

主君の力強い言葉に、ヨハンも渋々ながら頷いてくれた。

「ヨハン、尾行の件の調査を頼む」

「承知しました」

「王妃について調べは進んだか」

「恐れながら、まだまだですね。ブラルに向けて密偵を送りましたが、最低でも二月以上は見て頂きたいかと。あとはエンゲバーグ伯を当たってみましたが、そちらは空振りです。あの恐ろしいほど切れる男が、そう簡単に尻尾を出すはずがありません」

想像通りの内容を返されたので特に落胆は覚えない。こうなったらエルメンガルトにそれとなく聞いてみようかと考えて、すぐにやめた。

万が一ではあるが、勘付かれたのを察した瞬間に変な気を起こす可能性がある。もし奥歯に毒でも仕込んでいたらと想像すると、抉《えぐ》るような喪失感が胸を満たした。

「陛下はくれぐれもお気を付けを」

「わかっている。油断するつもりはないから安心しろ。あとは今後についての対応だが、まずは王妃の護衛を増やして……」

そこからは長い会談が始まった。

ミコラーシュは途中で飽きて、いつしか居眠りを決め込んでいる。それでもなお話し込んでいると、唐突に扉が音を鳴らした。

「陛下、少しお時間よろしいですかな」

この声は間違いなくシルヴェストルのものだ。返事をするとやはり英雄が入室してきて、人狼になった二人を見るなり目を瞬かせた。

「おや、ヨハンも。そのお姿はどうなさったのです？」

「ミコラも交えて昔話だ」

大恩ある相手に嘘をつく事は良心が痛まないでもなかったが、この重要機密は知る者が少ないほうがいい。とはいえ、神がかり的な勘の持ち主であるこの男なら、何かしらを察していても不思議ではないのだが。

「それなら丁度良かった。良い酒が手に入りましてな、ご一緒にどうかと思ったのです」

ボトルの入ったバスケットを掲げてニヤリと笑った将軍を前にして、イヴァンは反射的に時計を確認した。針は既に午後九時半を回っている。今日はエルメンガルトと夕食を取ろうと思っていたのだが、これではとっくに食べ終えてしまっているだろう。

「いいですね、師匠。こういう時に独り身は気楽なのですよ」

お堅いはずのヨハンも敬愛する師に対しては素直で、ミコラーシュも起き出してバスケットの中身を覗き込んでいる。

帰るとは言い出しにくい雰囲気である上に、イヴァンは久しぶりに彼らと気楽に飲み交わしたいと思った。この数年は目の前のことにがむしゃらになるばかりで、支えてくれる者達のことを見ていなかったと気付いたからだ。

「そうだな。たまにはこういうのも悪くない」

イヴァンたちに倣ってシルヴェストルが人狼の姿を取ったことを合図に、ささやかな酒宴が始まった。

イヴァンは見た目だけはしっかりとした足取りで廊下を歩いていた。しかし頭の中はぐるぐる回っていて、正常に物が考えられない境地にまで達している。

実際のところ、この国王陛下は少しばかり酒に弱い。もてなしの席で困らない程度には飲めるが、今日は王城内きっての酒豪二人を相手にしたのだから、分が悪いにも程があった。

幸いにも気分は悪くない。久しぶりに飲んだ酒の味は沁み渡るようで、高揚感を得るのに一役買ってくれた。色々と喋《しゃべ》らされたような気もするが、きっと考えすぎだろう。

しかしその浮ついた気分も、寝室の扉を開けた瞬間に吹き飛んでしまった。

バルコニーに佇む妻。月明かりに照らされた後ろ姿はひどく儚《はかな》げで、瞬きをするうちに消えてしまいそうだとすら思える。

「イヴァン？　どうしたの？」

振り向いたエルメンガルトはいつもの笑顔だった。彼女は微笑んだまま近寄ってきて、不安げな色を映した深緑でこちらを見上げている。

――君は誰だ。

脳内で幾度となく繰り返した問いが、性懲りも無く浮かび上がった。

話してはもらえないだろうか。知りたいんだ。ブラルの姫君としてではなく、果樹園に行きたいと言った君のことを。

何が好きなのか、何かしたい事はないのか、どうしてどこか悲しそうなのか。

そして、どうして夢の中で謝罪を繰り返していたのか。

助けたい。守りたいんだ。

なぜなら、おれは……。

いつもと同じところで思考が途切れる。イヴァンは見慣れぬ感情の正体を見出《みいだ》せないまま、衝動に従い手を伸ばした。

＊

「君は、誰だ？」

もう一度、今度はゆっくりと噛みしめるようにして、同じ問いが降ってくる。

ようやくその内容を理解した脳が衝撃に揺れたが、エルネスタにとってはこの状況も同じくらい問題だった。

男性に押し倒されるなんて、まったく初めての経験だ。先程から心臓が馬鹿になったのかと思うほどに鳴り響いているし、頭に熱が集中しすぎて痛みすら感じる。

どうしよう。こんなの、どうしたらいいの。

何か言わないと。そう、「何を言っているのかわからない、私はエルメンガルトだ」とでも伝えて、知らないふりをするのだ。

それなのにこの口が動かない。燃えるような瞳に見つめられると、何もかも投げ出して許しを請いたいと思ってしまう。

エルネスタは全てを断ち切るように目を瞑《つぶ》った。今はこの役目を全うすることだけを考えればいいのに、口を開こうとすると目の奥が痛んで主張を始める。しかしその熾烈《しれつ》な攻防を制するよりも、イヴァンが次の言葉を落とす方が早かった。

「俺は……わからない。どうして、君を見ているとこんなことを思うのか」

彼が何を言っているのかわからず、エルネスタは恐々と目を開いた。イヴァンの藍色はこんな時でも輝いていて、独り言じみた囁《ささや》きが星のように降り注いでくる。

「君は一体何者なんだ。そんなはずはないのに……君が来てから、落ち着かない。楽しい、などと思う、なんて」

「……イヴァン？」

楽しい？　彼は今、楽しいと言ったのか。

徐々に落ち着きを取り戻してきたので深呼吸をしてみると、その藍色が浮かべる炎は、先ほどよりもゆらめいているように見えた。

「許されるわけがない。俺は、一人で……行かないと。そうでないと、君は。俺も、あいつらに、かおむけ……」

茫洋《ぼうよう》とした言葉は途切れがちになって、最後にはたくましい腕が力を失った。途端に広く分厚い胸がエルネスタの腹のあたりに密着して、金色の髪が肩口に倒れ込んでくる。

「わっ、どうしたの!?」

慌ててイヴァンの顔を覗き込んでみる。すると、彼は精悍《せいかん》な面立ちを緩めてすやすやと寝息を立てているではないか。

「ね、寝てる……」

エルネスタは何だか力が抜けてしまい、後頭部を枕に沈めることにした。男の体は大きく重かったが、緊張はしてもまったく嫌な感じはしない。

冷静になってみると、イヴァンからは微《かす》かにお酒の匂いが漂ってくる。つまり彼はひどく酔っ払っていて、前後不覚のまま ここへやって来たという事か。

エルネスタは意外に思った。彼ほどの戦士でも、お酒に潰れることがあるなんて。

「ふふ……」

つい笑ってしまって、エルネスタは慌てて口に手を当てた。

先程言われた事は焦るあまりに殆ど覚えていないが、とりあえず身代わりを問いただすものではなかったようだ。

楽しい、だなんて。本当にそう思ってくれているなら、こんなに嬉しい事はないのに。

エルネスタはイヴァンの髪をそっと撫《な》でてみた。その金糸は見た目よりずっとさらさらしていて、ミコラーシュの手触りとも少し違う。

最後の方の彼のうわごとには、深い苦悩が滲んでいたように聞こえた。せめてこの国王陛下の眠りが安らかなることを。

「おやすみなさい、イヴァン」

＊

その夜のラシュトフカは、やけに冷たい風が吹いていた。

しかし初秋を感じさせる涼風もこの長屋の中には一切関わりがなく、集まった同胞の熱気で満たされている。ランプの炎が揺れ、その灯火に照らされた彼らの表情は、暗い笑みで統一されてい

た。

しかしその中に冷静な無表情のままでいる男が一人。二十代後半と思《おぼ》しき年頃で、赤い目に強い意志を宿した青年だ。

男は一様に座り込んだ男たちを見渡すと、よく通る声を放った。

「作戦については以上だ。何か意見あるか」

誰も手を挙げる者はおらず、男たちは重々しく頷いて見せた。

「よし、それなら決まりだ。ぬるま湯に浸《つ》かった王城の連中に思い知らせてやろう。お前らの考えなんざ知ったこっちゃねえってな」

短い気勢が上がって、この会合はお開きとなった。

まとめ役である男は、めいめい解散していく仲間たちの中で、今回の鍵となる顔を見つけて声をかける。

「カウツキー、もう陳腐な喧嘩《けんか》は売んなよ。警戒が増すだけだ」

カウツキーは気まずそうに頷いた。建国祭の祝宴で問題を起こした件については、彼の中でも反省すべき出来事として記憶されているらしい。

「わかっているよレート。私だってこの会の一員だ。もう勝手な行動はしないと誓う」

「ああ、頼むぜ」

カウツキーはもう一度肯首すると、静かに長屋を出ていった。

レートというのは夏という意味だ。男は九年前の夏の日に一度死んだ。とても暑い日だったから、適当にレートと名乗ることにしたのだ。

一人きりになった長屋にて、レートは鉄バサミを使ってランプの炎を消す。暗闇に沈む間際に照らされた彼の髪は、赤みがかった銅の色をしていた。

吾輩《わがはい》は狼《おおかみ》である　その3

紳士淑女の皆さんこんにちは、ミコラーシュだ。元気にしてたか？

ちなみに俺は食事中だ。深刻な内容の会議から一転、シルヴェストルの親分のお陰で宴会が始まったからだ。

この国の最高権力者三人は、今は人狼《じんろう》の姿になっている。俺に会話が通じるようにしてくれたんだから、お偉いさんなのに良《い》い奴《やつ》らだよな。

「親分、この鹿肉本当に美味《うま》いぜ！」

「今日狩ってきたからな。ゆっくり食べなさい」

穏やかに微笑《ほほえ》む親分に礼を言って、俺は食事を再開した。

俺の中では親分がシルヴェストル、兄貴分が俺、弟分がイヴァンとヨハンだ。異論は認めない。

「いい歳《とし》のくせによく食べるな、こいつは」

「まあ良いことじゃないですか。元気なんですから」

呆《あき》れ顔《がお》の弟達《たち》に構わず、俺は生肉を食い続けている。人狼族はどの姿であっても基本的には加工品を好むから、この肉は俺の分なのだ。

「師匠、おかわりは如何《いかが》ですか」

「おお、すまんなヨハン」

シルヴェストルは弟子にワインを注いでもらって嬉《うれ》しそうだ。裂けた口で器用にワインを飲んで、どこか遠くを見るように目を細めている。

「お前は気が利くが、テオドルはこういうところはてんで駄目だったな」

「ああ確かに。注いでもらう側ですね、あの男は」

「だが、盛り上げるのは上手《うま》かったなぁ。テオドルのいる宴会は楽しかった」

二人のやり取りを聞いていたイヴァンも微《かす》かな笑みを浮かべる。俺はここに居たはずのもう一人を思い出して、懐かしい気持ちになった。

テオは明るいやつで、いつも馬鹿をやって戦士達を笑わせていたっけ。ああそういや、こんな話もあったなあ。

「テオのやつ、食料補給に寄った村の肥溜《こえだ》めに足突っ込んじまってさ。ちっちゃい女の子が靴をくれたんだよな。覚えてるか、イヴァン?」

「ああ、覚えている。結局土踏まずくらいまでしか入らなかった」

懐かしいよな。そういうさ、ありえないようなヘマをする奴だったろう?

シルヴェストルとヨハンも当時を思い出したようで、面白そうに笑っている。

「そんなこともありましたな。せっかく貰《もら》ったのだからと言って脱ごうともせずに」

「そのまま戦闘用のブーツが届くまで過ごしたんですよね。破滅的に似合ってなかったですね、あれは」

その光景を幻視して、俺たちはそれぞれ泣き笑いのような表情を浮かべた。

幼馴染《おさななじ》み三人はいつも仲が良かった。誰か二人が口喧嘩《くちげんか》を始めると、残った一人が仲裁に入る。そんな気心の知れた親友だったな。

それなのにテオはあの戦で死んじまって、残されたのは生きにくさを感じそうな程に生真面目なこの二人だ。あいつがここに居てくれたら、きっとこの数倍はやかましい宴会になっていただろうに。

「テオがここに居たらなんて言うでしょうね」

俺は肉を食べきってしまって、寂しげに呟《つぶや》いたヨハンにこう返してやった。

「そんなの、イヴァンをからかうに決まってるだろ。エリーと案外仲良くやってるの、あいつなら大喜びすると思うぜ」

「待て。何でそういう話になるんだ」

瞬時にイヴァンの低い声が飛んできたが、俺はひとまず無視することにした。親分もヨハンも、興味深そうに頷《うなず》いてくれたしな。

「ほほう。近頃はそんなに仲がよろしいのかな？　ミコラ」

「おうよ。今日なんてさ、エリーのためにたくさん織物《おりもの》買い込んできたんだぜ。信じられるか？」

「信じられないですよね。あのイヴァンが、まさかここまで女性に入れ込む日が来るとは思いませんでした」

そうそう、イヴァンはモテるのに女に全然興味ないんだもんな。適当に発散してたくらいか？

でもま、国王として立つのに必死すぎて、そっちまで気にかけてる暇が無かったんだろう。だから俺はお前が幸せそうで嬉しいんだぜ。

エリーは凄《すげ》えよ。戦が終わってからは苦笑程度しかしなくなっちまったこの男に、本当の笑顔をくれたんだもんな。次は昔みたいに大笑いでもしてくれたら、もっと嬉しいよな。

「やめてくれ。別に入れ込んでなどいない。必要な分の織物を買って何が悪いんだ」

イヴァンはいつもの無表情に見えるけど、ちょっと杯を傾けるペースが速くなってる。こりゃ相当動揺してんな。

「ああそうですか無自覚ですか。たちが悪いですね、本当に」

「陛下のご気性であれば、どうでもいい者相手なら「適当に買っておけ」で済まされると思いますが?」

からかいつつ、ヨハンも親分も嬉しそうだ。きっと俺と同じことを感じているんだろう。

「ついでだったからな。俺はただ、不自由なく暮らして欲しいだけだ」

「……ふうん」

ヨハンの相槌《あいづち》にはだいぶ色々なものが含まれていた。俺もだけど、こいつ全然納得してないな。

「イヴァン、もっと飲んだらどうです? せっかく師匠が持ってきて下さったんですから」

「おお! そうですぞ、陛下。どんどんお召し上がり下さい。つまみもありますゆえ」

と思ったら二人とも急に酒を勧め出したぞ。

閃《ひらめ》くものがあってそわそわしていると、ヨハンが俺に耳打ちしてきた。

(潰して色々と聞き出しましょう。手伝って下さい)

(任せとけ!)

俺も小声で応答する。その間に、親分が隙を見てイヴァンの杯にワインを流し込んでいた。いい感じに連携してるな。よし、どうしてやろうか。
［なあイヴァン、エリーって可愛《かわい》いよな。俺さ、エリーが狼だったら間違いなく求婚してたわ］
別にそんな事は考えたこともなかったけど、煽《あお》るためにあえて冗談を言ってみた。
そしたら、効果は覿面《てきめん》だったようだ。
［……お前、俺の妻をなんて目で見ているんだ？］
今まで聞いた中で一番低い声が出てるぞイヴァン。しかもお前、いま酒を飲んだのほとんど無意識だろ。
［大体、その呼び方は何だ。エリーから直接許されたわけでもあるまい］
ついに呼び方にまで言及してきやがった。こいつ、やっぱり俺がエリーって呼んでんの気に入らなかったのか。
目がマジだ。これはちょっとおっかないぞ。
［本人には聞こえないんだから何でもいいだろ？　そんな怒んなって～！　あはは～！］
適当に笑って親分に目配せすると、任せろとばかりに微笑んでくれる。何て頼もしいんだ。
［そうは仰《おっしゃ》っても、王妃様がお可愛らしいのは事実ではありませんか。陛下だってそう思われるでしょう？］
うまい！　その緩急、流石《さすが》は英雄！
イヴァンは少し言葉を詰まらせて、また杯を呷《あお》った。顔色が変わらないから判《わか》りにくいが、そろそろ相当きてるんじゃないのか？

［まあ……可愛いとは、思う］

よっしゃ、これ間違いなくきてるぜ。その調子だ親分！

［そうでしょうな。頑張り屋さんですし、思《おも》い遣《や》りのあるお方です］

［ああ。その上、こちらの事を知ろうとしてくれる。聡明《そうめい》で、くるくるとよく動く］

そうだなイヴァン、お前はあの子の良さをよくわかってるんだな。

よしヨハン、次はお前の番だ。

［イヴァン、王妃様をどう思いますか］

［……最近はいつも頭のどこかに居座っている。不思議な人間だ］

なるほど、酔っててもようやくその程度しか言えないのか。無自覚なんだなやっぱり。

親分とヨハンも狼の顔に生温かい笑みを浮かべている。多分、俺も全く同じ顔をしていると思う。

もうさ、好きだよな、これ。なんで認めないのかね。

まあ原因はわかってるんだけどな。エリーに疑いがかかってるとか、そんな事は関係ないんだ。

この男は悲しい決意を固めてる。私を犠牲にしてでもこの国を立派に治めていくって決意を。

だから自分の感情に疎い。もしかすると半分くらい自覚した上で封じ込めてる可能性すらある。

死んでいった者達のためにも、幸せになっている場合じゃないってな。

でもさイヴァン、お前はそろそろ気付くべきなんだよ。

それはただの臆病でしかない。お前は惚《ほ》れた女を幸せにするために、心に刺さった棘《とげ》を引っこ抜かなきゃならないんだ。
多分三者とも同じ事を思って沈黙していると、イヴァンが俄《にわ》かに立ち上がった。そして酔っている割にしっかりとした足取りでドアの方へと歩き始めたから、俺は慌てて声をかけた。
［おいイヴァン、どこ行くんだ？　便所か？］
そして振り返りもしないまま返ってきた答えに、俺たちはすっかり勢いを削《そ》がれてしまう事になる。
［帰る。エリーの顔が見たい］
部屋を出る直前、イヴァンは人の姿へと変身する事を忘れなかった。
あれだけ酔っていたのに。エリーが怖がらないように、無意識に注意を払っているのか。
部屋の主《あるじ》の去った執務室で、俺たちは揃《そろ》って苦笑を浮かべた。
［……そっか。そんなに惚れてるんだな］
俺のつぶやきに、ヨハンも親分も頷いている。
［ちょっと罪悪感ですね。からかいすぎました］
［歳を取るとどうもいかんな。まあ、今日聞いた事は私たちの胸に秘めておくとしようか］
そうだな、俺も親分の言う事に賛成だ。
それにしても今くらいの素直さが素面《しらふ》のあいつにありゃあ、もっと進展してるだろうになぁ……。

〈続く〉

番外編　将軍夫妻の馴《な》れ初《そ》め

剣舞の練習は激しく体力を消耗する。エルネスタはシルヴェストルから休憩の指示を得て、やっとばかりに座り込んだ。

「王妃様、大丈夫ですか」

心配の言葉をかけてくれる割に、シルヴェストルの態度に焦りは感じられない。エルネスタは肩で息をしていて、返事をするためには咽《む》せないように気をつけなければならなかった。

「だ、だい、大丈夫……！」

「それは結構。さあ、休憩はきちんと取りましょう」

シルヴェストルがいつものように水の入った器と布を差し出してくる。エルネスタが居住まいを正してそれらを受け取ると、彼もまた隣に腰掛けた。

「王妃様は勉強もお忙しいというのに、剣舞の稽古にまで打ち込まれて。頭が下がります」

心底感心した様子でシルヴェストルが言う。彼はこうしてよく褒めてくれるので、単純なエルネスタはすぐに原動力へと置き換えてしまうのだが、調子に乗るものではないことも解《わか》っていた。

「確かに忙しいけど、形になるとしたら私一人の力じゃ無いもの。クデラ将軍に、ルージェナが見てくれるお陰よ」

新参者のエルネスタの面倒をよく見てくれる二人がいなければ、今頃どうなっていたことか。

手渡された器でゆっくりと水を飲むと、からからに渇いた喉に染み渡るようだった。

「嬉《うれ》しいことを仰《おっしゃ》る。そのようなお言葉を賜ったと知れば、妻も喜びましょう」

「ルージェナにも伝えたのよ？　喜んでいるようには見えなかったけれど」

エルネスタは今朝の出来事を思い返してみた。腕の痣《あざ》に気付いたルージェナが手当てをしてくれたので、「いつもありがとう」と言葉にして伝えたのだ。しかし鋼鉄の侍女長の表情を崩すことは叶《かな》わず、そっけない返事を貰《もら》うのみだった。

「それは申し訳ございません。しかし、それでも喜んではいるのですよ。間違いなく」

済まなそうに笑うシルヴェストルだが、その表情には滲《にじ》むような温かさがあった。

「大丈夫、わかっているわ。ルージェナは優しいひとだもの」

そう、最初は怖いひとだと思ってしまったけれど、今となっては間違いだったとわかる。

ルージェナは人間の王妃がこの国でうまくやっていけるのなら、自分は嫌われても構わないと思っているのだろう。そのためにエルネスタに厳しく当たり、立派な王妃へと育てようとしてくれている。本当の意味で強くて綺麗《きれい》で、優しいひと。

「そうですか……。そのように、仰っていただけるとは」

シルヴェストルは何やら言葉を詰まらせて黙り込んだ。どうやら誤解されやすい妻がエルネスタと打ち解けていたことが嬉しかったらしい。

「二人はとってもお似合いのご夫婦ね」

人狼《じんろう》の英雄が喜びを噛《か》み締《し》めている様子を見ていたら、そんな感想がぽろりと口から飛び出してしまった。

不躾《ぶしつけ》な物言いであることはわかっていたが、本心なのだから仕方がない。シルヴェストルが気を悪くした様子もなく礼を言って微笑《ほほえ》むので、エルネスタは質問を重ねてみることにした。

「ルージェナとはどこで出会ったの」

「出会いですか。ううむ……特にこれと言って覚えていませんなあ。今と同じでお城に仕える者同士、顔を合わせることが多くございました故」

「へえ……！　何だか素敵ね！」

エルネスタは思わず目を輝かせた。話の続きを問う眼差《まなざ》しを向けると、シルヴェストルは昔を懐かしむように目を細めたようだった。

＊

これは先々代王の時代の出来事である。

鍛錬を終えたシルヴェストルは、次の仕事に向かうべく城の渡り廊下を歩いていた。

一歩踏み出すごとに黒の短髪が揺れ、柱の間から差し込む春光に端整な面立ちが露《あら》わになる。近頃になって身に纏《まと》うことを許された黒いチョハは、まるで昔から着ていたかのようによく似合い、すれ違う女性達《たち》を振り向かせるに至っていた。

しかし熱い視線を意識の外に締め出して、シルヴェストルは次の仕事について考えを巡らせていく。すると纏まりかけたところで後ろから複数の軽い足音が追いかけてきた。

「シルヴェストル様！　お待ちになって！」

黄色い声に思考を諦めて振り返ると、そこには侍女の群れが渦巻いていた。

いっそ暴力的なまでの華やかさを前にしても、シルヴェストルに特別な感想はない。何故《なぜ》ならばこのようなことはすっかり慣れっこだからだ。

「やあ、君たち。今日も素敵だね」

にっこりと微笑んで挨拶をすると、貴族の令嬢である侍女たちは甲高い悲鳴を上げた。

自身の顔立ちがどうやら異性の興味を集めるらしいということには、随分と昔から気付いていた。強い男ほど持《も》て囃《はや》される人狼族において、シルヴェストルは同世代で並ぶ者はいない程の戦功を挙げた英雄である。しかも王族に次ぐ名家クデラ家の長男ともなればモテないはずがなく、シルヴェストルは大いにその恩恵に与《あずか》ることになった。

とは言っても、唯一好かれたい相手にはずっと邪険にされ続けているのだけれど。

「シルヴェストル様、これ、差し入れですう！」

「私も、これを！」

「あっ、ずるい！　シルヴェストル様、こちらをどうぞ！」

それにしてもこうして押し合いへし合いをされてしまうのは、ちょっと困る。

今も一人の文官が邪魔そうに顔を歪《ゆが》めてすれ違って行ったし、完全に通行の邪魔になっているではないか。シルヴェストルは仕方がなく、最も早くこの場を収束させる方法を取ることにした。

「ありがとう。全部ありがたく頂くよ」

爽やかに笑んで言うと、侍女たちはまたしても黄色い悲鳴を上げるのだった。


贈り物の山を自身の執務机の上に積み上げてから再度廊下を歩いていると、今度はリネン室から話し声が聞こえてきた。

「貴方《あなた》のせいで怒られちゃったじゃない。どうしてくれるのよ！」

キンキンとした不快な声が誰かに怒りをぶつけている。只事《ただごと》ではない雰囲気を感じ取ったシルヴェストルは、気配を消してリネン室のドアの裏に張り付いた。

「今度同じことをしたら、ただじゃおかないから！」

「はい。申し訳ありませんでした」

落ち着いた声が応答したのを最後に、一人の侍女が肩を怒《いか》らせながら部屋を飛び出してくる。シルヴェストルに気付くこともなく去っていく背中を見遣《みや》り、すぐに室内を確認した。

声で想像した通り、そこにはシルヴェストルにとって特別なひとがいた。

侍女の紺色のアークリグを纏った身体《からだ》は姿勢が良く、ブロンドの髪と真《ま》っ直《す》ぐな瞳が輝いている。傾国の美貌とも言われる容姿の持ち主でありながら、にこりともしない冷徹さで恐れられる侍女、ルージェナ・ペシュカだ。

ルージェナはシルヴェストルを一瞥《いちべつ》すると、またすぐに迷惑そうに目を逸《そ》らした。このつれない態度はいつものことなので、シルヴェストルは構うことなく声をかけることにした。

「ルージェナ、大丈夫か。何があった」

「問題ありません。先輩が後輩に失敗をなすりつけようとしていたのを発見したので、侍女長に報告しただけです」

淡々と言うルージェナを前にシルヴェストルは溜息《ためいき》をついた。なるほど、それで件《くだん》の先輩に因縁を付けられていたということか。

「あまり敵を作るのは良くないよ」

「私には黙っているのが正解とは思えません」

確かに正しいことをしたとは思う。彼女のそんなところに惹《ひ》かれているのも事実だが、これでは感心よりも心配が勝ってしまう。

「そうだな、立派だと思うよ。けど君に何かあったらと思うと心配だ」

「ご心配ありがとうございます。では、私は仕事に戻らねばなりませんので」

ルージェナは美しい所作で一礼すると、布団の束を抱えて踵《きびす》を返した。

シルヴェストルはしばしの間立《た》ち竦《すく》んでしまったのだが、慌てて後を追って歩き始めた。他の女性たちは放っておいても近づいてくるのに、ルージェナとだけは一向に距離が縮まらない。

「重そうだね。手伝おうか」

「結構です。力はある方なので」

こちらを見もせずに切って捨てる声は硬い。この態度もいつものことなので、シルヴェストルは朗らかに笑って肩をすくめて見せた。

「ルージェナは俺に対して冷たいね」

「貴方のような調子のいいひとは嫌いです」

「酷《ひど》いなあ。俺は君だから優しくしているのに」

「事実を申し上げているだけです。先程、何名もの侍女から贈り物をもらっているところをお見かけしましたので」

シルヴェストルはもう少しで「げ」と声に出すところだった。まさか見られていたとは。

「あ、あれは、早めに切り上げたかったから」

しどろもどろになると、ここで初めてルージェナは視線をこちらへと向けてくれた。ただし、道端の石ころでも見るような目付きだったけれど。

「贈り物を貰うのは悪いことではありません。ただ、私は調子のいいひとは嫌いなのです」

ルージェナはにべもなかった。もう興味はないと言わんばかりに前を向いて歩き出した背中を追いかけることはできず、シルヴェストルは今得た情報に関して考えてみることにした。

何せようやく嫌われている理由がわかったのだ。これを収穫と言わずに何と言う。

それからは生活態度を改めることから始めた。

女性からの贈り物は一切受け取るのをやめたし、もちろん遊びの誘いも全てお断り。その変貌ぶりには同僚の武官たちが槍《やり》でも降ってくるのではないかと慄《おのの》くほどで、しかし真剣な様子を見るや皆《みんな》が応援したものだった。

そうして一月《ひとつき》ほどが経《た》った頃、シルヴェストルはいつものように王城の一角でルージェナを見つけた。今度の彼女は重そうな桶《おけ》を運んでいたので、半ば強引に取り上げて歩き始めると、どこか釈然としない様子ながらも礼を言ってくれた。

「そういえば、侍女たちの間で噂《うわさ》になっていますよ。近頃は貴方がまったく構ってくださらないと、皆残念そうでした」

「ああ。君が調子のいい男は嫌いだと言うから、近頃は女の子の誘いは全部断っているんだ」

「……は？」

ルージェナは空耳を聞いたとばかりに目を丸くした。

彼女が表情を変えるのは珍しい。この様子だとただ世間話をしただけで、どうやらその原因が自分にあるなどとは夢にも思わなかったらしい。

「俺は本気だよ。君のことが好きなんだ、ルージェナ」

どうか伝わって欲しいと念じながらじっと彼女の目を見つめる。願いはどうやら届いたのか、じわじわと頬を染めていく様が愛らしくて、シルヴェストルは微笑んだ。

「どうか俺にチャンスを与えては貰えないだろうか」

「え……は？」

「今度城下にでも出かけよう。いつなら空いてる？」

「え、あの」

ルージェナは大いに困惑した様子ではあったが、シルヴェストルは手八丁口八丁で遊ぶ約束を取り付けることに成功したのだった。


「ルージェナ！　本当に来てくれたのか！」

若者でごった返す広場に現れたルージェナに、シルヴェストルは思わず破顔した。

侍女の制服ではなく緑色のアークリグを身に纏っている。春の空気も相俟《あいま》って森の女神のごとき美しさで、我慢しなければ滝のように賛美の言葉を垂れ流してしまいそうだ。

「今日の君はすごく可愛《かわい》いな」

「なっ……!?」

できるだけ短くまとめた賛辞はルージェナを照れさせるに至ったらしい。彼女は白い頬をベリーの色に染めて、思い切り顔を背けている。

「べ、別に。休日にまで侍女のお仕着せを着る趣味はありませんので」

「侍女のお仕着せを着ていても、君は可愛らしいよ」

ますます調子に乗ったところで思い切り睨《にら》まれてしまった。顔を赤くしたままでは迫力など皆無だったが、シルヴェストルは苦笑を浮かべて「すまない、気をつける」と丁寧に言った。

ルージェナは調子のいい男は嫌いなのだから、浮かれすぎないように気を付けなければ。

「それじゃ、行こうか」

促すようにして歩き出すと、彼女は躊躇《ためら》いながらも付いてきてくれた。

これはちょっと、流石《さすが》ににやけてしまう。シルヴェストルは自身を戒めつつ、ルージェナと共に城下の市場を散策した。

ルージェナは市場に来るのは久しぶりとのことで、無表情なのに変わりはなくとも目を輝かせているようだった。

「ここは賑《にぎ》やかでいいよね」

「ええ。そう思います」

今代のシェンカ国王は名をボフミルと言う。決して絶対的なカリスマを持つわけではないが、貴族からも民からも慕われる優しいお方で、こうして城下に笑顔が溢《あふ》れているのが彼の治世の一つの答えと言える。

色々と見物しながら歩いていると、ふと薄桃色の生地が目に留まった。シルヴェストルは店主に断りを入れてその生地を手に取ると、少し広げてルージェナにかざしてみた。

「ほら、どうかな。すごく似合うと思うんだけど」

「……そうでしょうか」

ルージェナは釈然としない様子だが、明らかに顔映りがいいし、店主も歓声を上げたのだから間違いない。

「薄桃色は嫌い？」

「嫌いではありません。ですが、私には似合わないと思います」

「そんなことはない。君は春の精みたいに可憐《かれん》だ」

思っていることを言っただけなのに、ルージェナは不可解そうに目を細めた。

「貴方は私のことを可憐だと仰るのですか」

その通りだと頷《うなず》いて見せると、ルージェナは呆《あき》れたように溜息をつき「おかしな方ですね」と呟《つぶや》いた。どこか楽しそうに聞こえたのは、自分に都合のいい勘違いなのだろう。

「これを買おうか。もちろん他のものでもいいけど」

「自分のものは自分で買います。今は特に服には困っておりません」

ルージェナはきっぱりと言って歩き始めた。市場を進む横顔を見つめながら、シルヴェストルは考える。

思えば彼女のことをよく知らない。好みのものについて、休日の過ごし方、家族構成。ペシュカ家と言えば地方領主のはずだが当主に会ったことはないし、そもそも彼女が本家筋なのかも分からない。

シルヴェストルが知ることといえば、ルージェナが城に住み込みをしていること、よく誰もやりたがらないような力仕事を引き受けていること、弱い者を守ろうとするひとであること。それくらいしか知らないと言えばそうとも言えるが、それだけ知っていれば十分だとも思う。

「何か食べたいものなんかはある？」

「何でも良いのですか」

「もちろん。この王都で一番高いものにするかい」

本心ではあったがあえておどけて肩をすくめて見せると、傍《かたわ》らの気配がくすりと揺れた。見れば薄紅色の唇に笑みの名残があって、シルヴェストルは決定的な瞬間を逃してしまったことを知る。

ああ、しまった。片時も目を離さずに、見つめていれば良かった。

「残念ながら一番高いものが何かわからないので、あれにします」

白く細い指が示したのは揚げ菓子の屋台だった。あんな簡単なもので良いのかと聞くと、甘いものが食べたいのだと言う。

シルヴェストルは揚げ菓子を二つ購入して落ち着ける場所を探した。市場の片隅にベンチを見つけて、二人して腰掛ける。

そうしてかじりつこうとしたところで、ふと背後からの視線を感じ取った。

振り返れば路地裏から二人の少年がじっとこちらを見つめており、彼らは湯気を立てる揚げ菓子に釘付《くぎづ》けになっている様だった。人狼の姿を取っているところを見るに、力仕事の手伝いでもしていたのだろうか。安定した治世と言えど、この国は庶民がいつでも甘いものを食べられるほど豊かではない。

幼い狼《おおかみ》の目があまりにも純粋無垢《むく》だったので、シルヴェストルは小さく微笑んだ。ちょいちょいと手招きをすると、少年たちは戸惑いながらもこちらへと歩いてくる。

「これをどうぞ。シナモン味だけど平気かな」

「本当⁉」

「良いの、お兄さん⁉」

もちろんだと答えると二人の少年は俄《にわ》かに沸き立った。嬉しそうに揚げ菓子を受け取って、半分にしようなどと相談している。

微笑ましい光景に目を細めていると、横からしなやかな手が伸びてきた。

「坊やたち、これもどうぞ。かじりつく前で良かったわ」

シルヴェストルは今度こそ、ルージェナの笑みを目撃することになった。

これこそが本物の表情なのだとわかる、しなやかで優しい微笑みだった。シルヴェストルが彼女に見惚《みと》れている間、少年達は二つの揚げ菓子に歓声を上げ、礼を言って去って行った。

「申し訳ありません。せっかく買ってくださったのに、勝手にあげてしまいました」

「そんなこと、良いんだ」

対価としてはこちらが不十分なくらいだった。少年たちに感謝しなければ。

自分で危惧していた通りに浮かれるシルヴェストルは気が付かなかった。この時のルージェナが、ほんの一瞬だけ思い詰めたような表情をしていたことに。


あれから一週間が経った。いつものように鍛錬を終えたシルヴェストルは、沈み込みそうになる気分と戦いながら王城の廊下を歩いていた。

ルージェナと共に城下に降りたあの日は、なかなかに良い感じだったはずだ。彼女は表情がわかりにくいとはいえ、不快に感じているならそれを表に出すひとなのに、何だかんだで一通り見て回るまで付き合ってくれた。

それなのに、あれ以来どうもルージェナに避けられているようなのである。

挨拶をすれば会釈だけで通り過ぎて行ったり、話しかけようとすればそれとなく目を逸らして無視されたり。ここ最近の彼女の態度を思い出すに、シルヴェストルは深く落ち込んでしまうのだ。

「……はあ」

思わず重たい溜息が出た。同僚との試合稽古で思い切り発散したつもりが、まったくすっきりしていない。

まさか共に出かける前よりも関係が悪化するとは。これはもう傍目《はため》から見れば、振られたとしか言いようのない状況なのでは。

「シルヴェストル、一体どうしたんだ」

高くもどこか威厳を感じる声に顔を上げると、そこにはこの国の王子殿下が立っていた。

第一王子のラドスラフは御歳《おんとし》十歳。しかしながら年齢を超越した聡明《そうめい》さで、今代を超える賢君になるだろうと目される俊才である。

シルヴェストルは武家の名門クデラ家の次期当主として、この王子殿下の剣の稽古相手を務めている。指導するのは父の役目だが、恐らくラドスラフの次代からは自身が指導役を務めることになるはずだ。

「ラドスラフ殿下。本日もご機嫌麗しく」

片膝をついて礼の姿勢を取ると、すぐに頭上の空気が揺れる気配がした。

「お前ほどの者に跪《ひざまず》かれるとむずむずするよ。楽にしてくれないか」

十歳にしてのこの物言いなのだから流石だ。鷹揚《おうよう》で寛大な王子殿下に笑みを返して、シルヴェストルは礼を解く。

「それで、シルヴェストル。どうも浮かない顔をしていたようだが」

「これは、殿下にまでご心配を賜りまして。詳細は申し上げられませんが、まあ、そうですな……」

いくら聡明な王子殿下と言えど子供相手に恋愛相談をする訳にもいかず、かと言って適当にお茶を濁すのも良くないと思案した末に、シルヴェストルは神妙に言った。

「人狼の戦士であれば、女性に無理強いをする男はクズであるとの認識は誰もが持っておりますでしょう」

「その通りだな」

「故に、諦めた方が良いのだろうと。そのような考えに至り、落ち込んでいた訳です」

そう、これ以上はもう、迷惑なだけなのではないかと。

どれほど焦がれていようとも、相手に嫌な思いをさせるくらいなら自分が傷ついた方がマシだ。人狼の戦士とはそういう生き物なのだ。

珍しく笑みを封印したシルヴェストルを、ラドスラフはしばしの間じっと見つめていたのだが、やがてにやりと笑って見せた。

「お前の言うことは正しい。しかし簡単に諦めるような男は、人狼の戦士の風上にも置けぬことも確かだぞ」

雨雲を振り払うような格言に目を白黒させたシルヴェストルを尻目に、ラドスラフは片手を上げて立ち去っていった。

まったく、この王子様は本当に大器なのかもしれない。

それは偶然の出来事だった。王城の中庭のそばを通りがかった時、くぐもったような声での会話を聞き止めたのだ。

戦士としての聴覚が、その声が焦がれたひとのものであることを瞬時に聞き分ける。声の主を探して視線を巡らせると、草木の陰に隠れるようにして二人の侍女がいた。

後ろ姿を見せているのは間違いなくルージェナだ。そして顔が見えている方の女は険しく眉を吊《つ》り上《あ》げていて、明らかに只事ではない様子だ。

「ちょっと綺麗だからって、調子に乗るんじゃないわよ……！」

声を抑えるのも忘れて喚《わめ》き散《ち》らした女がついに右手を振り上げたのを見て、シルヴェストルは走り出した。

考えるより先に二人の間に割り込んで、明確な悪意を持った平手打ちを片腕で受け止める。よくみると殴りつけてきたのは、かつてリネン室でルージェナに因縁を付けていた女だった。

「いきなり手を上げるとは何事か。侍女長に報告しておくので、今は仕事に戻りなさい」

女相手でも怒りを押し殺すことはできず、自分が戦場に立つときの顔をしている自覚はあった。女はあまりのことにすっかり青ざめて、謝罪の言葉を述べながら走り去って行った。

「ルージェナ、大丈夫か」

振り返るとやはりルージェナはそこにいた。いつかとは違って迷惑そうにするでもなく、ただ透明な瞳でシルヴェストルを見つめ返している。

こういう時の彼女はいつも事情を聞かない限りは話さない。案の定すぐに目を伏せたルージェナは、美しい所作で一礼した。

「はい。ありがとうございました、シルヴェストル様。それでは失礼します」

「待ってくれ、ルージェナ」

立ち去ろうとしたルージェナを、シルヴェストルは声だけで引き留めた。幸いにも彼女は足を止めて、目を合わせないまでも向き合ってくれた。

「どうして俺のことを避ける？」

「……もう、私のことは放っておいて下さい」

「嫌だ。理由を聞くまでは諦めない」

やっとの思いで絞り出した懇願の言葉を、春の風にそよぐ葉の音が揺らしていった。中庭には誰もおらず、自身の心臓の音だけがうるさくて敵《かな》わない。

ルージェナがぐいと顔を上げる。花の顔に浮かぶのは、自らの信念と揺れる心だった。

「調子のいいひとは嫌いです。私の父がそうでした。いつもへらへらと笑っていて、ねだればすぐに遊んでくれて、母と私を守ると言っていたのに……戦に出たまま、二度と帰ってきませんでした」

ルージェナの綺麗な紫の瞳は乾いていたが、恐らくは泣いていた。震える声が痛ましくて、シルヴェストルは両拳に力を込めて衝動をやり過ごさなければならなかった。

「母は一人で生きていけるようになりなさいと言い残して、早くに病で亡くなりました。だから私はずっと、一人で仕事を全うしようと思っていたんです」

戦場から帰らなかった父親の背中と、孤独に涙を堪える母親を幻視しながら、彼女はたった一人で生きてきたのだろうか。

「貴方が素晴らしい方だというのは、随分前からわかっていました。けれど男の方は勝手ばかりです。自分たちは人狼の戦士で強いから、女を置いていくのも仕方がないと思っているんでしょう？　シルヴェストル様、貴方も」

確かにそう考えている部分はあるのかもしれない。

自分たちには守るものがあるからとの認識はある種の傲慢だ。だからといって残される者の気持ちを考えなくても良いわけではないし、大事なものを見失いたくないとも思う。

「君は、俺に置いていかれたくないと思ってくれるのか」

「……そうです」

「そんなの、好きだと言っているようなものだ」

「それくらいわかっています。馬鹿にしないで」

最後の方は殆《ほとん》どやけくそじみた声音になっていたのがどうにも愛らしくて、シルヴェストルは思わず手を伸ばした。

震える体を抱きしめて背を撫《な》でてやる。いつもは凜《りん》として背が高く見える彼女は、こうして腕の中にいると随分と小さい。

ようやくその心に触れたことが嬉しくて、シルヴェストルは笑みをこぼした。

「君は強がりで、可愛いなあ。本当に」

置いていかないとは約束してやれない。何故ならシルヴェストルは人狼の戦士だから。女子供を守るのが自身の役目なのだから。

けれど、君が望むなら必ず幸せにするから、どうか許して欲しい。

＊

「それで？　ルージェナとは仕事中に顔を合わせる関係で、自然と仲良くなっていったってこと？」

過ぎ去りし日々を思い返して懐かしい気持ちになっていたシルヴェストルは、話の続きを期待する澄んだ眼差しに苦笑を向けた。

老人の昔話に目を輝かせてくれるとは有難《ありがた》いことだが、妻との馴れ初めなど気恥ずかしくて話せたものではない。

「内緒です。申し訳ございません、王妃様」

あえておどけながら謝ると、エルメンガルトは至極残念そうな声を上げたが、すぐに微笑んで見せた。

この王妃様は大人びて見える時もあれば、年頃の少女らしく見える時もある。こうして年相応の反応を得るとかえって安堵《あんど》を感じるのは、己が既に老境に入ったからなのだろう。

「立ち入ったことを聞いてしまったわね。ごめんなさい」

「いえ、そのような。ただ私が妻に怒られたくないだけでございます」

冗談ともつかない言葉にエルメンガルトは声に出して笑った。

本当に朗らかで聡明な王妃殿下だ。この人を見ているとシルヴェストルはつい言い知れぬ期待を得てしまうのだが、それはルージェナも同じようだった。

「王妃様のことをくれぐれもお願いします」と念を押した妻の、真剣な表情を思い出す。

隣の国から嫁いで来たという人間の王妃に対して、特別な印象は抱いていなかったシルヴェストルだが、この稽古の日々を過ごすうちに妻が何故この人を評価しているのかを理解するに至っていた。

「王妃様、果物でもいかがですかな」

「まあ、ありがとう！」

綺麗に切り揃《そろ》えられた果物を差し出すと、エルメンガルトは嬉しそうに歓声を上げた。

素直で優しくて努力家の王妃様。このお方ならば、もしかしたら。

シルヴェストルは今まで感じたことのない期待感に胸を熱くする。そうして祖父のように目を細め、王妃殿下が嬉しそうに果物を頬張る様子を見守るのだった。


休憩の後に更に稽古を重ねて、ほどほどのところで解散した。シルヴェストルは我が家に帰るべく廊下を歩いていたのだが、そこで珍しくもルージェナと行き合った。

最愛の妻は出会った頃からずっと綺麗なままだ。おべっかを使わないところも、仕事への姿勢そのものも、何一つ変わらない。

「あなた、王妃様のご様子はいかがでした」

「頑張っておられるよ。ルージェナにも感謝して下さっていた。聡明なお方だ」

「……存じておりますわ」

その時、無表情だったはずの顔に穏やかな笑みが浮かんだ。しかしシルヴェストルがその笑顔に見惚れているうちに、みるみる眉が釣り上がる。

「そうです。王妃様が腕に痣を作っておられたのですが、あなたが付いていながらどうしてこのようなことになるのですか」

「何、痣？　ルージェナ、それはだな。剣舞の稽古では、多少の怪我《けが》は仕方がないもので」

「言い訳は無用です。今後はこのようなことがないようにお気をつけなさいませ」

先んじて歩き出したルージェナに続いて、シルヴェストルもまた帰路を辿《たど》り始める。妻には相変わらず頭が上がらないが、これが惚《ほ》れた弱みというやつなのだろう。

帰り道にあの揚げ菓子でも買ってみようか。子育てを終えて久しい夫婦の夜食には、少々重たいかもしれないけれど。


〈将軍夫妻の馴れ初め・完〉

あとがき

『要らずの姫は人狼の国で愛され王妃となる！』をお手に取って頂きありがとうございます。水仙《すいせん》あきらです。

まず最初に、ジョージアという素晴らしい国の文化をお借りしたことで、物語を美しく彩れたことに感謝申し上げます。

チョハとアークリグのあまりの美しさに、いつか作中に登場させたいとずっと考えておりましたので、願いが叶って心から嬉しく思います。アジア圏の文化も混ぜてしまったので、万が一ジョージア出身の方が読んだ場合は「色々違う！」とお怒りになられるかもしれませんが、何卒お目こぼし頂けますと幸いです。

いつかジョージアへと遊びに行きたいです。きっと想像をはるかに超えた美しいところなのでしょうね。

さて、この物語は異類婚姻譚が書きたいという思いから始まりました。

種族の違いゆえにすれ違う二人の切ない恋の物語……になるはずが、当初思い描いていたよりもシビアなお話になったように思います。

種族どころか国と国、関西と関東、もしかすると、き○こ派かたけ○こ派かという、立場の違いを理由として起こるかもしれない争い。お互いに認めるだけでいいのに、なぜそれができないのか……と書きながら、そういえば私自身少数民族き○こ派であり、たけ○こより美味しいと信じているので然《さ》もありなんと自戒しました。

人には絶対に譲れないものの一つや二つあるのが普通ですが、それを理由として相手を傷つけるような人間にはなりたくないものです。エルネスタは深く考えずとも「違いを認め合うことができる」絶対的なヒロインであり、そんな彼女にイヴァンが惹かれていくのも必然のことなのでしょう。

現実ではエルネスタのように振る舞える人間は少数派で、だからこそ物語の中では輝いていて欲しいと思います。「エリーみたいに強くあれたらいいな」と思って頂けたなら、作者としては大成功と言っていいのかもしれません。

そんなエルネスタが二つの国に何をもたらすのか、そしてイヴァンとの障壁だらけの恋はどうなるのか。これからの展開も見届けて頂けたなら嬉しいです。

最後になりましたが、素晴らしいイラストを生み出してくださったとき間《ま》先生、本当にありがとうございました。

どのキャラクターたちも本当に生き生きとしていて、民族衣装も全てが美しく、拝見してすぐ、画面から飛び出してきそうだと本気で思いました。

コミカライズをご担当くださっている香澤陽平《かざわようへい》先生、いつもありがとうございます。キャラクターの表情がコミカルで楽しく、背景や衣装、小物などの細部までこだわり抜かれた素晴らしいコミカライズとなっておりますので、読者の皆様も私と一緒に楽しんで頂けたなら幸いです。

そして家族や友人、いつも快活にサポートしてくださる担当様、この本の出版にあたってご尽力くださった全ての関係者様、何よりも読者の皆様に、心より御礼申し上げます。

これからはたけ〇こも愛する器の大きな人間として生きて参りますので、温かく見守って頂けますと幸いです。

水仙あきら

【参考文献】

北川誠一・前田弘毅・廣瀬陽子・吉村貴之（編著）『コーカサスを知るための60章』明石書店、2006年。

Kラノベブックスf

要《い》らずの姫《ひめ》は人狼《じんろう》の国《くに》で愛《あい》され王妃《おうひ》となる！

水仙《すいせん》あきら

2023年5月31日第1刷発行

発行者　森田浩章
発行所　株式会社 講談社
〒112-8001　東京都文京区音羽2-12-21
電　話　出版　(03)5395-3715
販売　(03)5395-3608
業務　(03)5395-3603
デザイン　百足屋ユウコ+フクシマナオ（ムシカゴグラフィクス）
本文データ制作　講談社デジタル製作
印刷所　株式会社KPSプロダクツ
製本所　株式会社フォーネット社

KODANSHA

ISBN978-4-06-528867-2　N.D.C.913　275p　19cm
定価はカバーに表示してあります

ファンレター、
作品のご感想を
お待ちしています。

あて先
〒112-8001　東京都文京区音羽2-12-21
（株）講談社　ラノベ文庫編集部 気付
「水仙あきら先生」係
「とき間先生」係

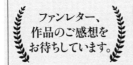

Kラノベブックス

味方が弱すぎて補助魔法に徹していた宮廷魔法師、追放されて最強を目指す1～3

著:アルト　イラスト:夕薙

「お前はクビだ、アレク・ユグレット」
それはある日突然、王太子から宮廷魔法師アレクに突き付けられた追放宣告。
そしてアレクはパーティーどころか、宮廷からも追放されてしまう。
そんな彼に声を掛けたのは、４年前を最後に別れを告げたはずの、
魔法学院時代のパーティーメンバーの少女・ヨルハだった。
かくして、かつて伝説とまで謳われたパーティー“終わりなき日々を《ラスティングピリオド》”は復活し。
やがてその名は、世界中に轟く――！